AF154606

MARINA ZITZA

DEM SCHICKSAL DANKBAR

novum pro

Dieses Buch ist auch als
e-book
erhältlich.

Bibliografische Information
der Deutschen Nationalbibliothek:

Die Deutsche Nationalbibliothek
verzeichnet diese Publikation in
der Deutschen Nationalbibliografie.
Detaillierte bibliografische Daten
sind im Internet über
http://www.d-nb.de abrufbar.

Gedruckt in der Europäischen Union
auf umweltfreundlichem, chlor- und
säurefrei gebleichtem Papier.

© 2024 novum Verlag

ISBN 978-3-99146-318-4
Lektorat: Isabella Busch
Umschlagfotos: Netfalls, Dary423,
Neirfy, Kirill_grekov I Dreamstime.com
Umschlaggestaltung, Layout & Satz:
novum Verlag
Innenabbildungen: Marina Zitza,
Dreamstime.com

Die vom Autor zur Verfügung ge-
stellten Abbildungen wurden in der
bestmöglichen Qualität gedruckt.

www.novumverlag.com

Druckprodukt mit finanziellem
Klimabeitrag
ClimatePartner.com/16547-2311-1001

Vorwort

Eine frei erfundene Geschichte, die aufzeigt, wie unser aller Schicksal von Begegnungen und Taten beeinflusst wird. Und wie aus Unglück, Verzweiflung und Hass Glück, Hoffnung und vor allem Liebe werden kann.

Nichts ist vorhersehbar, nichts ist gewiss.

Kapitel 1

Joy hat die ewigen Streitereien zu Hause satt. Das Verhältnis war noch nie gut und in den letzten Jahren angespannt. Sie nimmt sich eine Reisetasche, stopft sommerliche Bekleidung sowie Jeans und Sweatshirts hinein. Turnschuhe und Flops. Eine Kultur- und Schminktasche. In ihre Handtasche stopft sie Reisepass, Impfpass und Portemonnaie. Kontrolliert noch mal den Inhalt. Sie hat ihr Sparbuch aufgelöst. Dann nimmt sie einen Zettel und schreibt ein paar Zeilen.

„Bin erst mal weg. Ich melde mich irgendwann. Guck mir die Welt an. Tschau!"

Dann legt sie den Zettel auf ihr Bett, schnappt sich ihre Lieblingsjeansjacke und geht zur Busstation. Dreht sich nicht mehr um. Im Bus setzt sie sich ganz nach hinten und studiert die Reisebroschüren. Im Flughafen wird sie von den Massen an Menschen und Geräuschen überfordert. Sie setzt sich in ein Restaurant und sieht sich alles an. Muss erst mal alles auf sich wirken lassen. Dann geht sie zu einem Informationsschalter. Lässt sich Last-minute-Flüge zeigen. Alles ist dabei. Von der kältesten bis zur wärmsten Region. Joy entscheidet sich für die Mitte. Die Kanaren. Beliebte Urlaubsinseln. Jede Insel hat ihre eigenen Besonderheiten. Sie nimmt sich vor, sie alle zu erkunden. Wenn sie sparsam ist, schafft sie es mit ihren Ersparnissen. Sie wählt den günstigsten Flug nach Teneriffa. Da die Insel in der Mitte der Inselgruppe liegt, kann sie von dort aus alle anderen Inseln mit den Fähren erreichen. Auch sind viele deutschsprachige Unternehmen vor Ort. So fühlt sie sich nicht ganz so fremd. Bis zum Abflug hat sie noch etwas Zeit. Sie gibt ihr Gepäck ab, kauft sich Naschereien und einen Reiseführer. Sie guckt nach Zimmervermietungen. Da sie so viel wie möglich sehen will, sucht sie nach günstigen Zimmern. Doch alle Hotels sind weit über ihrem Budget. Sie recherchiert im Internet. Ein Privatanbieter hat ein Zimmer frei. Die Bilder sind vielversprechend. Eine Finca. Nähe Stadtzentrum. Dennoch ländlich. Im Hintergrund die Küste. Sie nimmt per E-Mail Kontakt auf. Joy wird aufgefordert, ihre wichtigsten Daten und ein Foto zu schicken, um ihr Interesse zu bestätigen. Sie denkt sich nichts dabei und tut es. Bekommt auch sofort eine Zusage. Joy fragt noch mal nach dem Zimmerpreis. Er kommt ihr für das, was geboten wird, zu niedrig vor und sie möchte sichergehen, dass kein Druckfehler vorherrscht. Ihr wird diese traumhafte Offerte nochmals bestätigt.

„Wunderbar", denkt Joy. „Einen Schlafplatz habe ich schon mal."

Aus den Lautsprechern schallt der Aufruf zum Abflug. Einchecken. Während des Fluges beliest sie sich über die Sehenswürdigkeiten der Inseln. Kreist die für sie infrage kommenden ein. Nach der Landung auf Teneriffa, steht sie vor dem Ausgang des Flughafens. Versucht sich zu orientieren.

„Sind Sie Joy?", hört sie plötzlich jemanden hinter sich fragen. Ein gepflegter, sehr gut aussehender Mann mittleren Alters hat sie angesprochen. Sie nickt.

„Ich bin der Besitzer der Finca", erklärt er lächelnd. „Ich habe Ihre Vorgänger zum Flughafen gebracht und dachte, ich könnte Sie gleich mit zurück nehmen. Wenn Sie mögen", bietet er an.

Joy ist erleichtert. So spart sie sich das Verkehrsgewühl. Braucht kein teures Taxi zu nehmen.

„Sehr gern", stimmt sie lächelnd zu.

Er nimmt ihr die Reisetasche ab und führt sie zu einem Sportwagen. Ein Cabriolet, der Luxusklasse. Joys Augen werden immer größer. Sie versinkt fast im weichen Leder der Sitze. Und der Geruch. Sie traut sich gar nicht, die Beine auszustrecken. Sitzt etwas verkrampft. Knetet ihre Hände. Während der Fahrt wehen ständig ihre blonden Haare vors Gesicht.

Plötzlich hält er an. Beugt sich über ihren Schoß und holt ein Haarband aus dem Handschuhfach des Cockpits. „Bitte schön", sagt er lächelnd und gibt es ihr. „Sonst verpassen Sie noch die herrliche Aussicht."

Joy bedankt sich verunsichert, nimmt es und legt es an. So eine Fürsorge hat sie noch nie erlebt. So aufmerksam. Er sieht ihr zu, wie sie sich im Spiegel zurechtmacht. Mustert sie von oben bis unten. Doch sie bemerkt es nicht. Joy holt ihr Handy aus ihrer Jacke und filmt alles. Das Meer mit seinen Wellenbrechern. Kleine Dörfer, Tier- und Pflanzenwelt. Den Himmel, wie er das Wasser berührt. Joy schließt die Augen. Atmet tief durch. Fühlt den warmen Wind auf ihrer Haut. Sie bereut ihre Entscheidung nicht. Fühlt sich das erste Mal richtig frei. Er beobachtet sie. Ihr Lächeln fasziniert ihn. Leicht grinsend fährt er weiter. Joy macht noch ein paar Selfies von sich.

Kurze Zeit später, kommen sie an einer Zufahrt an, die von einem elektrischen Tor geschützt wird. Mit einer Fernbedienung öffnet und schließt er es. Hinter einem kleinen Kakteenwald, aus vielen verschiedenen Arten und Größen bestehend, offenbart sich eine traditionelle Finca.

„Noch schöner als auf dem Bild", denkt sich Joy.

Ein Vorgarten mit Palmen, kanarischen Kiefern und dazwischen kleine Felsen, die das Ganze auflockern und Reptilien schattige Plätze bieten. Die Pflanzen sind stufenförmig aufeinander abgestimmt. Zwei Säulen vor dem Haus tragen eine Überdachung aus Holz. Rechts des Hauses ist eine Felsenwand mit Wasserspiel. Davor ein Wasserbecken. Ein Baum, an dem Pferde und Esel angebunden werden können, Schutz vor der Sonne finden und Zugang zum Wasser haben. Diese Fürsorglichkeit beeindruckt Joy. Offensichtlich hat man hier ein Herz für Tiere. Jetzt fühlt sie sich schon richtig wohl.

„Ich zeige Ihnen erst mal alles", unterbricht er ihre Gedanken und öffnet die Autotür. Galant reicht er ihr seine Hand und hilft beim Aussteigen. Joy fühlt sich wie eine Berühmtheit. So viel Aufmerksamkeit kennt sie nur aus Filmen. Sie lächelt peinlich berührt. Und sein Blick haftet Sekunden an ihr. Er sieht ihr direkt in die Augen. Ohne ein Wort dreht er sich um und geht voraus. Erklärt Vegetation und Tierwelt, damit sie nicht erschreckt, wenn etwas vor ihr her huscht. Hinter dem Haus ist ein riesiger Pool im Boden eingelassen. Daneben ein Whirlpool. Ein Pärchen sitzt darin und trinkt Champagner. Joy nickt ihnen beim Vorbeigehen zu. Sie gehen weiter. Im Untergeschoss des Hauses befindet sich eine Wohnküche. Eine Küchenzeile mit der notwendigsten Ausstattung, Stühle und Tisch. Doch auch ein Sofa mit Sessel und Beistelltisch. „Für die Schlemmerpause zwischendurch", erklärt er grinsend. Dann gehen sie die Treppe hinauf. Am Ende des Flures öffnet er ein Zimmer. Durch den Zugwind wehen leichte durchsichtige Gardinen. Joy geht zum Fenster und auch ihre Haare wehen. Er starrt sie an. Der Duft ihres Parfüms weht zu ihm herüber. Mit dem Wind in ihrem Haar sieht sie aus wie die Statue einer Göttin. Der Blick aus dem Fenster offenbart ihr Traumhaftes. Den wunderschön gestalteten Hinterhof, Whirlpool, Pool und ein Gartenhaus, in den Büschen versteckt. Es war vorher nicht zu sehen. Dahinter die Küste und dann das Meer, auf dem sich Sonnenstrahlen spiegeln.

Joy lehnt verträumt ihren Kopf an die Gardine. Sie vergisst völlig, nicht allein zu sein. Seufzt. „Es ist noch schöner als gedacht", denkt sie. Dass sie es gewagt hat, einfach alles hinter sich zu lassen. Sie ist überglücklich.

Er reißt sie aus ihrem Traum. „Ich hole jetzt Ihr Gepäck", sagt er grinsend.

Joy erschreckt leicht, dann nickt sie ihm zu und sieht sich um. An der Wand steht ein Himmelbett mit Gitter an Kopf und Fußteil. Überdecke und Kopfkissen, hell und mit geblümtem Muster. Daneben zwei kleine Nachtschränke. Vor dem Bett eine Truhe. An der Wand, hinter der Tür, ein kleiner Kleiderschrank. Alle Möbel aus Zedernholz. Im angrenzendem Raum ein Duschbad. Die Dusche ebenerdig und mit einer gemauerten Bank. Standard-WC. Ein Waschbecken in einer Kommode eingelassen. Golden verzierte Armaturen. Alles mediterran gefliest.

Es klopft. Der Vermieter bringt Joys Reisetasche.

„Es ist traumhaft hier", sagt Joy mit glänzenden Augen. „Hoffentlich reicht mein Erspartes, um lange hierbleiben zu können. Und hoffentlich brauche nicht so viel Geld für die Verkehrsmittel. Können Sie mir eine günstige Autovermietung empfehlen, oder fährt in der Nähe ein Bus?", fragt sie nach.

„Da machen Sie sich mal keine Sorgen", sagt er und grinst. Es findet sich immer jemand, der Sie mitnimmt. Packen Sie erst mal in aller Ruhe aus. Heute Abend findet eine Grillparty statt. Bitte gesellen Sie sich dazu. Und wenn Sie jetzt etwas brauchen, in der Küche finden Sie Getränke im Kühlschrank, regionales Obst und Gemüse auf dem Tresen. Bitte bedienen Sie sich", bietet er lächelnd an und geht.

Joy bedankt sich hinterherrufend und packt aus. Hängt ihre Sachen in den Schrank. Die Tasche in die Truhe. Setzt sich auf das Bett und zählt noch mal ihre Ersparnisse. Rechnet sich die Zeit aus. Legt sich für jede Insel einen kleinen Betrag zur Seite. Dann geht sie zum Fenster und genießt noch einmal den Ausblick. Sieht das Pärchen vom Whirlpool aus dem Gartenhaus kommen. Die Frau sieht zerwühlt und verschwitzt aus. Und er hat einen roten Kopf. Joy denkt nicht weiter darüber nach und geht duschen. Legt sich mit Handtuch um den Kopf und in einen Bademantel eingehüllt auf das Bett. Sie streckt und rekelt sich. Juchzt vor Freude. Fühlt sich sehr wohl. Schwebt wie auf Wolken. „Endlich frei!", denkt sie, legt sich auf die Seite und schläft schließlich ein.

Gelächter weckt sie. Mittlerweile ist es Abend und die Gäste sind eingetroffen. Joy geht zum Fenster. Ein Grill ist in Betrieb. Lampions leuchten. Fackeln sind entzündet. Viele Leute. Die Frauen freizügig bekleidet. Joy glaubt, dass es zur hiesigen Gesellschaftsform gehört und denkt sich nichts dabei. Sie zieht sich ein luftiges Sommerkleid an. Stylt sich die Haare zum Zopf. Schlüpft in ihre Sandalen und geht hinunter.

„Da sind Sie ja endlich", begrüßt sie der Vermieter. „Wir haben Sie schon vermisst", lächelt er. „Gehen Sie, nehmen Sie sich etwas von unseren Köstlichkeiten. Ich empfehle Ihnen die gegrillte Aubergine mit Feigenhonig." Er weist sie zum Grill.

Joy lächelt zustimmend. Geht zum Tresen, nimmt sich einen Teller und Besteck, füllt sich etwas Brot und Obst auf. Geht zum Grill und lässt sich ein Steak und die empfohlene Aubergine geben. Unter einem Baum findet sie Platz und beginnt zu essen. Sie hat die Zeichen, die der junge Mann vom Grill und der Vermieter sich gegeben haben, nicht bemerkt. Der junge Mann hat Joy von oben bis unten gemustert und dem Vermieter zugenickt. Joy verschlingt das Essen förmlich. Es schmeckt wunderbar. Sie hat seit dem Abflug nichts mehr gegessen. Ein anderer Mann bringt ihr ein Glas Rotwein. Nach und nach kommt sie mit den Gästen ins Gespräch. Mit den Frauen versteht sie sich auf Anhieb. Sie verabreden sich zum Shoppen. Joy ist erleichtert. So kann sie ohne Stress die Stadt kennenlernen. Ihr Glas ist nie leer. Sie wird richtig umsorgt und verwöhnt. Die Stimmung wird lockerer. Sie lacht und genießt die Gesellschaft. Musik erklingt. Pärchen bilden sich zum Tanz. Joy tanzt auch ausgelassen und frei. Die Frauen zeigen ihr auch Flamencoeinlagen mit Kastagnetten. Joy muss lachen. Gar nicht so einfach. Mit der Zeit werden die tanzenden Paare immer vertrauter. Berühren sich gegenseitig. Wiegen sich im Rhythmus. Küssen sich. Der junge Mann vom Grill hat Joy im Arm, will sie enger an sich ziehen, doch Joy reißt sich verunsichert los und flieht auf ihr Zimmer. Vom Fenster aus sieht sie zu. Betrachtet ihn. Er sieht super aus. Bewegt sich, Hüfte schwingend, zur Musik. Sexy. Sein Körper ist ein Traum. Mittellanges dunkles Haar. Leicht wellig. Plötzlich zieht er sein Shirt aus. Und Joy atmet schwer. Jeder Muskel von ihm zeichnet sich ab. Seine Haut glänzt im Fackellicht. Die Frau, die mit ihm tanzt, streichelt seinen Körper. Und er genießt es offensichtlich. Wirft seinen Kopf nach hinten, als sie seinen Po umfasst und ihn an ihr Becken drückt. Joy weiß gar nicht, was über sie gekommen ist. Ein Traummann und sie läuft wie ein Kind davon. Jetzt wünscht sie sich an ihre Stelle. Sie lehnt sich in die Gardine und streichelt sie. Plötzlich sieht er zu ihr hoch. Ihre Blicke treffen sich. Joy bleibt für einen Moment das Herz stehen. Fühlt sich ertappt. Dann legt sie sich auf ihr Bett, nimmt ihr Kissen in den Arm und entspannt. Denkt an ihn. Lächelt. Nach einer Weile zieht sie sich aus und geht schlafen. In der Nacht wird sie wach. Hat Durst. Sie schleicht im Bademantel in die Wohnküche. Nimmt sich etwas aus dem Kühlschrank.

Plötzlich hört sie Geräusche. Neugierig geht sie zur Tür und sieht sich um. Im Gartenhaus brennt schwaches Licht. Joy schleicht sich dorthin. Durch einen Spalt kann sie eine Frau sehen, die gefesselt auf einer Liege liegt und von Männern, auch mit Sexspielzeug, verwöhnt wird. Die Frau keucht und fleht. Joys Herz pocht wie wild. Sie möchte weggehen, doch irgendwie kann sie nicht. Ihr Körper zittert. Die Geräusche und Stimmen lassen sie erschauern. Plötzlich sehen Joy Augen an. Geschockt erkennt sie den Tänzer. Er grinst sie an. Joy flüchtet in ihr Zimmer. Sie hat nicht bemerkt, dass der Vermieter an der Hausecke stand und sie beobachtete. In ihrem Zimmer schleicht sie sich zum Fenster. Versteckt sich hinter der Gardine. Die Tür vom Gartenhaus öffnet sich. Ein aufflammendes Feuerzeug und der Tänzer sieht zu ihr hoch, direkt in ihre Augen. Joy läuft ein Schauer durch den Körper. Verwirrt schließt sie die fast durchsichtigen Gardinen. Legt sich in ihr Bett. Denkt an das Gesehene. Sie knuddelt mit dem Kissen und schläft ein.

Am nächsten Morgen geht sie zum Frühstücken in die Wohnküche. Denkt nicht mehr an letzte Nacht. Es geht sie nichts an, beschließt sie. Setzt sich auf die Couch und blättert in den Ausflugsbroschüren. Die Frauen vom Vorabend, mit denen sie sich auf Anhieb blendend verstanden hatte, kommen dazu. Kosima und Hannah. Eine von ihnen hat Spuren an den Handgelenken. Hannah. Joy ahnt wovon, doch sie lenkt schnell auf die Shoppingtour und was sie gern sehen würde. Die Frauen machen sich mit dem Cabriolet des Vermieters auf den Weg. Joy fragt nicht. Findet es wahnsinnig nett von ihm. Sie unterhält sich mit den Frauen, als würden sie sich schon ewig kennen.

Die drei schlendern die Straßen entlang, zeigen und erklären Joy Sehenswürdigkeiten. Gehen mit ihr traditionelle Gerichte essen. Lachend genießen sie jeden Augenblick. Die Frauen steuern auf einen Dessouladen zu. Joy staunt zwar über die freizügigen Schaufensterinhalte, doch sie geht mit hinein. Denkt sich auch nichts dabei, als Kosima und Hannah vor ihr mit den heißesten und ausgefallensten Sachen modeln. Deren perfekte Körper sind wunderschön. Leicht gebräunte Haut und seidig glänzend. Auch, dass sie gebeten wird, die BHs und Slips zurechtzurücken, verunsichert sie nicht. Auch nicht, als ihre Hand mal geführt wird. Joy muss gestehen, sie fasst die beiden Frauen gerne an. Dann wird Joy gebeten, einen roten Lack-Body anzuziehen. Die Brüste ausgeschnitten und eine Öffnung im Schritt. Joy schüttelt den Kopf. Muss lachen. Doch auf Drängen der Frauen stimmt sie zu. Sie steht umgezogen vor dem Spiegel. Er passt wie angegossen. Alles zeichnet sich ab. Rückt ihre wohlgeformten Brüste zu einem atemberaubenden Dekolletee zusammen. Joy streicht darüber. „Eigentlich sehr schön", denkt sie sich. So etwas hat sie noch nie angehabt. Sie wird aufgefordert, sich zu zeigen. Doch Joy traut sich nicht. Will sich wieder umziehen. Kosima kommt in die Umkleidekabine. Stellt sich hinter Joy. Hält deren Arme fest. Hannah kniet sich vor Joy. Streichelt und verwöhnt sie mit ihrer Zunge. Joy zuckt und ist geschockt. Doch das Gefühl ist so einnehmend und stark. Sie will sich eigentlich entziehen. Doch sie ergibt sich den Gefühlen. Seufzend lehnt sie ihren Kopf an Kosimas Schulter.

„Schließ die Augen", befiehlt Kosima zärtlich. Genieße es." Sie küsst die stöhnende und keuchende Joy, während Hannah sie befriedigt.

Joy krallt ihre Hände in Kosimas Schenkel. Sie ist gekommen. Hannah steht auf. Streichelt Joys Körper. Küsst sie sanft. Dann geht sie Sexspielzeug einkaufen. Joy ist verwirrt. Sie hatte noch nie so einen Sex mit Frauen gehabt.

Kosima streichelt Joy über den ganzen Körper. „Du hast eine wunderschöne Figur", flüstert sie.

Joy will den Body ausziehen.

„Lass ihn an", sagt Kosima. „Er steht dir so gut." Dann hilft sie Joy beim Anziehen. Küsst und streichelt sie immer wieder. Ihre Gier auf Joy ist offensichtlich. Und Joy fühlt sich begehrt. Sie hatte mal als Teenager pubertäre Erfahrungen mit Freundinnen, doch es war nie so intensiv wie eben.

„Komm", sagt Hannah, „wir fahren zu mir." Sie nimmt Joy an die Hand und zieht sie mit sich.

Die drei fahren zu einer kleinen Finca. Auch an der Küste und mit einem Pool, mit Blick auf das Meer. Hannah und Kosima ziehen sich aus. Nackt stehen sie vor Joy. Joy weiß nicht so recht. Ist hin und her gerissen. Offensichtlich sind es erfahrene Frauen. Was kann sie bieten? Sie ist unsicher. Hannah fordert sie auf, sich bis auf den Body auszuziehen. Joy wirft alle Ängste von sich. Sie will wissen, was passiert. Hannah zieht sie zu sich. Drückt sie zu Boden. Kosima nimmt sich gierig Joys Oberkörper vor. Hannah ihre Schenkel. Die Frauen spielen mit ihr.

„Entspann dich", haucht Kosima. „Wir zeigen dir die Liebe."

Intensive Gefühle überwältigen Joy. Sie sehnt sich geradezu danach, berührt zu werden. Und die Frauen merken das. Ganz sanft und zärtlich verwöhnen sie Joys Körper, mit all ihrem Wissen und den mitgebrachten Utensilien. Joy erlebt eine Ekstase nach der anderen. Sie lässt los. Joy versucht zu erwidern. Lässt sich von den beiden anleiten und führen. Bringt sich mit ein. Gibt wieder, was sie selbst erfährt. Leidenschaftlich. Sie vertraut den Frauen vollends. Völlig erschöpft liegen die drei am Pool. Alle von Orgasmen überwältigt. Nach einer Verschnaufpause schwimmen sie noch ein paar Runden. Dann ziehen sie sich an und fahren zur Finca zurück. Dort zieht sich Joy in ihrem Zimmer um. Hängt den Body zum Trocknen auf einen Bügel. Grinst und streichelt darüber. Lässt noch einmal alles in Gedanken Revue passieren. Bilder. Szenen. Und ihre Gefühlsexplosionen. Das hätte sie selbst nicht erwartet. Doch sie hat sich zum Ziel gesetzt, ihr Leben offener und freier zu gestalten und dazu gehört auch Unerwartetes. Und irgendwie fühlt sie sich seltsamerweise zu den Frauen hingezogen. Verbunden.

Zum Abendessen geht sie in die Wohnküche und blättert in den Broschüren. Der Vermieter kommt dazu. Stellt sich hinter den Tresen und bereitet Cocktails zu. Guckt immer wieder zu ihr rüber.

Joy geht zu ihm. „Können Sie mir helfen?", fragt sie. „Ich möchte einen Ausflug zum Nebelwald auf La Gomera buchen, doch mein Internet funktioniert nicht. Ich komme nicht durch", sagt sie verzweifelt.

„Ja, das passiert hier öfter", erklärt er. „Liegt am wechselnden Wetter. Aber kein Problem. Ich habe die Abfahrtszeiten der Fähre hier und morgen wollen noch andere Gäste dorthin. Ich melde Sie gern mit an."

„Ja, danke", lächelt Joy. „Dann kann ich wie geplant übermorgen zum Tierasyl in der Nähe fahren."

Er sieht sie an. „Auch da kann ich behilflich sein", bietet er an. Ich unterstütze das Asyl mit Geld- und Sachspenden. Den Betreiber kenne ich persönlich." Joy strahlt. „Ich möchte Ihnen gern das Du anbieten", sagt sie und streckt ihm ihre Hand entgegen. „Joy, einfach nur Joy", sagt sie lächelnd. Ihre Augen leuchten. „Dimitri", antwortet er und hält ihre Hand einen Moment lang fest. Sieht ihr in die Augen. Sie lässt los. Er gibt ihr die Flyer mit den Abfahrtszeiten. Joy ist überglücklich.

Alles läuft reibungslos und nach Plan. Nach dem Essen zieht sie sich zurück. Organisiert ihre Kleidung für La Gomera. Wetterfest. Legt sich das nötigste Geld ins Portemonnaie. Der Abend ist noch jung. Hannah und Kosima nehmen sie mit in das Gartenhaus, das gleichzeitig eine Sauna ist. Dass es nicht nur beim Saunen bleibt, ist ihr inzwischen klar. Joy ist auf den Geschmack der sinnlichen Berührungen und Orgasmen gekommen. Danach zieht sie sich einen Bikini an und springt in den Pool. Schwimmt ein paar Bahnen. Die Frauen kommen dazu. Kosima hält Joy fest. Drückt sie an sich. Fummelt am Bikinioberteil.

„Was willst du denn damit?", flüstert Kosima und zieht es ihr aus. Wirft es auf den Hof. Hannah taucht ab und zieht Joy den Bikini-Slip aus und wirft ihn ebenfalls auf den Hof. Die Frauen albern und toben im Wasser. Berühren sich. Küssen und streicheln sich. Es dämmert.

Plötzlich füllt sich der Hof mit Männern. Joy presst sich an Kosima. Hofft, nicht gesehen zu werden. Doch ein junger Mann hebt das Bikinioberteil auf und wedelt damit herum. Alle Männer grölen. Joy wird rot.

Ein anderer Mann nimmt es ihm ab, hebt den Slip auf und gibt beides Joy. „Deiner?", fragt er lächelnd.

Joys Herz klopft heftig. Ihr Tänzer. Sie nimmt die Teile und zieht sich unter Wasser an. Dann geht sie ins Haus. „Schade," hört sie ihn noch sagen. Joy geht auf ihr Zimmer. Trocknet sich ab und zieht ein hautenges Top und knallenge Jeans an. Sieht noch mal aus dem Fenster. Sucht ihn. Er steht am Grill. Joy rennt in Flip-Flops die Treppe runter. Bleibt kurz an der Tür stehen und atmet durch. Geht langsam und gefasst zum Grill. Lässt sich irgendwas auf den Teller packen. Sie hat nur Augen für ihn.

„Du hast wunderbar ausgesehen", flüstert er ihr zu.

Joy lächelt. Wird rot. Sie setzt sich wieder unter den Baum. Sucht immer wieder sein Gesicht. Merkt das Getuschel der anderen gar nicht. Musik erklingt. Bevor ein anderer Joy auffordert, geht er zu ihr. Der Vermieter übernimmt den Grill. Die zwei tanzen langsam und sehen sich in die Augen. Es ist wunderschön. Joy schwebt förmlich. Doch als er sie an sich drückt, bekommt sie Panik. Sie zieht sich mit der Kopfschmerzausrede zurück. Vom Fenster aus beobachtet sie ihn noch eine Weile. Dann geht sie zu Bett. Seufzend denkt sie an ihn. Irgendwas blockiert sie. Doch sie weiß nicht was. Sie würde ihm gern näherkommen. Sehr gern. In ihr sprudeln Gefühle. Doch irgendeine Angst hält sie gefangen. Verzweifelt schläft sie nach einer Weile ein. In der Nacht wird sie wach und wieder ist das Gartenhaus beleuchtet. Mehrere Schatten bewegen sich. Sie will sich gegen ihren ersten Impuls wehren, doch sie kann es nicht. Sie muss sehen, ob er da ist. Joy schleicht sich dorthin. Guckt durch den Spalt. Ja, da ist er. Verwöhnt Hannah mit einem Vibrator. Neben Hannah liegt Kosima. Auch sie wird verwöhnt. Mehrere Männer benutzen sie. Joy schleicht schnell zurück. Glaubt, ungesehen ihr Zimmer erreicht zu haben. Doch wieder wird sie vom Vermieter beobachtet. In ihrem Zimmer lässt sie ihren Gefühlen freien Lauf. Sie hält es nicht mehr aus. Bringt sich streichelnd zum Orgasmus. Am nächsten Morgen steht sie früh auf. Zieht sich festes Zeug an. Jeans, Jacke, Turnschuhe. Nimmt sich eine Kleinigkeit zu essen und setzt sich auf die Couch in der Wohnküche. Wartet auf die anderen Ausflugsgäste. Nach einer Weile füllt sich der Raum. Dimitri bittet sie alle zum Kleinbus. Er fährt sie zur Fähre, die nach La Gomera fährt. Wünscht ihnen noch einen schönen Tag. Joy sieht er länger an und lächelt. Joy lächelt höflich zurück. Dann geht sie den anderen nach. Auf der Fähre steht sie an der Reling und sieht auf das Meer hinaus. Eine innere Ruhe breitet sich in ihr aus. Sie genießt die Sonne auf ihrem Gesicht. Denkt an ihre Vergangenheit. Den ewigen Stress und Streit. Kaum Momente, die ihr wirklich guttaten. Ihre Liebe zu Tieren hat ihr aus vielen Tiefs geholfen. Sie hat sich überall, wo sie konnte, für Tiere stark gemacht. Das war nicht immer gesetzeskonform, aber niemand hat sie geführt. Doch es ist auch keiner zu Schaden gekommen. Sie befreit sich jetzt von der alten Welt und beginnt ein völlig neues Leben. Und sie will es genießen. Ohne Reue. Hannah und Kosima, sie muss lächeln, haben ihr schon mal eine Perspektive offenbart. Sie tun ihr gut. Sie fühlt sich sehr wohl mit den beiden. Keine Berührungsängste. Joy schmunzelt. Denkt an Geschehenes. Streicht sich mit dem Daumen über ihre Lippe. Nie hätte sie gedacht, Frauen zu lieben. Dass sie die ganze Zeit beobachtet wird, merkt sie nicht. Auf La Gomera angekommen, folgt sie den anderen.

Ein Guide übernimmt die Gruppe. Der bringt sie zu einem Reisebus, in dem schon andere Gäste warten. Joy setzt sich auf einen Fensterplatz. Fotografiert und filmt. Alles ist so wunderschön. Sie kann sich gar nicht sattsehen. Das tiefe Blau des Wassers, der schwarze Strand, die Berge und Täler. Und noch vieles mehr. Der Guide erklärt über Mikrofon, was sie sehen und auch die Vorschriften, die im Nationalpark beachtet werden müssen. Joy bedauert ihren Ausbruch von zu Hause keinen Moment. Sie hat sich in diese wunderschöne Natur verliebt. Staunend und gefesselt vom Urwald, der feucht und glitschig ist, achtet sie nicht darauf, wohin sie tritt. Sie rutscht aus. Ihr wird eine Hand gereicht. Und während sie sich hochzieht, zieht die Hand sie ran. Sie prallt fast an ihn. Ihn. Ihr Tänzer steht vor ihr. Sie reißt die Augen auf. Sie sehen sich an. Verharren einen Augenblick.

„Ist alles in Ordnung?", fragt der Guide fürsorglich.

„Alles bestens", antwortet Joy, ohne den Blick vom Tänzer zu lassen. Dann räuspert sie sich. Lässt ihn los. Klopft sich den Schmutz vom Po und folgt der Gruppe.

Er geht auf Abstand hinter ihr her. Sie fühlt seinen Blick in ihrem Nacken. Unruhe überfällt sie. Sie kann sich kaum auf die Führung konzentrieren. Während einer Pause sitzt er ihr gegenüber. Lächelt sie an und zwinkert ihr zu. Joys Herz klopft wie wild. Als der Ausflug beendet ist, bringt der Guide die Gruppe zum Bus. Bevor Joy einsteigt, nimmt ihr Tänzer sie zur Seite.

„Soll ich dir die Insel zeigen?", fragt er. „Ich bin hier aufgewachsen." Er hält ihr seine Hand hin.

Joy nickt und nimmt sie. Er zieht sie zu einem Motorrad. Setzt ihr und sich einen Helm auf. Sie steigen auf. Joy hält sich flüchtig an seiner Hüfte fest. Er nimmt ihre Hände und zieht sie eng an sich, sodass sie sich an seinen Rücken lehnen muss. Joy ist selig und sieht kaum etwas von der Umgebung. Nur den Himmel über ihnen, während sie den Berg hinauffahren. Auf einer Aussichtsplattform halten sie an. Er setzt sich mit ihr an den Rand. Erklärt ihr, was sie sieht. Ein wolkenverhangenes Tal. Bergiger Urwald und weit dahinter das Meer.

„Wunderschön", haucht sie. Doch ihr Blick ist auf ihn gerichtet.

Er nimmt ihr Kinn, zieht sie zu sich und küsst sie. Ganz sanft. Er legt sich mit ihr auf den Boden. Sie küssen sich zärtlich. Sein Zungenspiel wird stärker.

„Willst du?", fragt er leise schnaufend.

„Ja", nickt sie zustimmend.

Er fährt mit ihr zu einer Berghütte. Klein, aber alles zum Überleben eingerichtet. „Diese Hütte ist für Wanderer und Bauern, die vom Wetter überrascht werden", erklärt er. Er zündet den Kamin am Ende des Raumes an.

„Müssen wir nicht Bescheid sagen, wo wir sind?", fragt Joy.

„Nein", sagt er, „Dimitri weiß, dass du bei mir bist." Er geht zu Joy, denn er ahnt, wenn er jetzt nicht aktiv wird, dass sie eventuell einen Rückzieher macht. Er legt seine Hände an ihre Hüften, drückt sie an sich und wiegt sie wie im Tanz hin und her. Sieht ihr in die Augen. Lächelt. Dann küsst er sie. Ganz zart. Spielt mit seinen Lippen an ihren. Und Joy verfällt ihm. Alle Gefühle in ihr sind in Aufruhr. Er streift ihr ihre Jacke von den Schultern. Öffnet seine Hose. Schafft Platz. Streichelt ihr übers Haar.

„Wunderschön", haucht er. Küsst sie noch einmal. Jetzt ist sie Wachs in seinen Händen. Er drückt sie an den Schultern nach unten. „Nimm ihn", flüstert er. Und Joy verwöhnt ihn. Sein ganzer Körper spannt sich an. Jeder Muskel an ihm ist in Bewegung. Er hält ihren Kopf, während er sie sanft stößt. Seufzt laut. Bestätigt, wie gut sie es macht. Schnell ziehen sie sich aus. Gier ist entfacht. Er legt sie auf das Bett und legt sich zwischen ihre Beine. Lässt sie gar nicht wählen. Joy krallt ihre Hände in die Ziegenfelle, die auf dem Bett liegen. Seine Zunge bringt sie um den Verstand. Er spielt lange mit ihr und Joy verzweifelt schon vor lauter Lust. Sie zittert heftig. Er legt sich auf sie. Dringt in sie ein und nimmt sie immer heftiger. Joy schwitzt. Keucht.

„Kannst du noch?", fragt er grinsend. Joy legt ihre Beine um seine Hüften. Presst sich an ihn. Jetzt nimmt er sie hart. Lässt sie explodieren. Joy schreit ihren Orgasmus heraus. Er ergießt sich auf ihrem Bauch. Schnaufend liegt er auf ihr. Sie streichelt zärtlich sein Haar.

„Wie heißt du eigentlich?", fragt sie sanft.

„Mario", antwortet er.

„Ich bin Joy", sagt sie.

„Ich weiß", sagt er und streichelt ihre Lippe.

Joy ist verliebt. „Er hat sich nach mir erkundigt", denkt sie freudig.

Im Feuerschein des Kamins lieben sie sich die ganze Nacht. Zwischendurch unterhalten sie sich. Joy erzählt von ihrem Vorhaben, die Welt zu bereisen. Als sie am nächsten Morgen zurückfahren wollen, steht der Berg im Nebel. Mario stellt sich vor die Tür und pfeift. In mehreren verschiedenen Tönen. Joy sieht ihm zu. Er kommt zurück.

„Was hast du gemacht?", fragt sie. „Das ist die Pfeifsprache. Sie wird nur hier auf dieser Insel gelehrt, damit man sich im Notfall verständigen kann. Ich habe bekannt gegeben, dass wir hier festsitzen und wenn jemand in der Nähe ist, er uns doch bitte Frühstück vorbeibringen soll."

Joy ist fasziniert von ihm. Mario legt sich wieder zu ihr. Und sie schwebt auf Wolken unter seinen Küssen und Liebkosungen. Er genießt sie. Immer wieder. Stunden später hören sie ein Pfeifen. Mario zieht sich eine Hose an und geht vor die Tür. Ein Bauer aus der Nähe hat ihnen einen Korb mit Brot, Butter, Feigenmarmelade, Kaffee, Milch, Eiern und Speck gebracht. Die beiden unterhalten sich kurz, dann kommt Mario lachend herein.

„Was ist?", fragt Joy.

„Er hätte auch gern mit dir hier festgesessen", hat er gesagt.

Joy lächelt verlegen. Sie steht auf und zieht sich an. Mario sieht ihr zu. Grinst. Dann setzt er sich an den Tisch und packt alles aus. Joy stellt eine Pfanne auf die Glut des Kamins. Tut Butter und Speck hinein. Nimmt den kross gebratenen Speck, legt ihn auf ihre Teller. Dann schlägt sie Eier in die Pfanne. Mario schneidet das Brot. Gießt ihnen Milch ein. Sie frühstücken.

„Der Bauer sagt, dass die Nebelwand in Kürze abgezogen ist. Dann kriegen wir noch die Mittagsfähre", sagt Mario.

„Prima!", jubelt Joy, dann schaffe ich es vielleicht doch noch zum Tierasyl."

Mario verschluckt sich. Fängt laut an zu lachen.

„Wieso lachst du?", fragt sie leicht sauer. „Ich will helfen. Zu Hause mache ich das ständig."

„Wenn das kein Schicksal ist, was dann?" Er sieht sie ernst an. „Ich bin der Leiter des Asyls." Und jetzt lachen beide. Joy erklärt ihm während des Frühstücks, was sie zu Hause alles macht. Spenden sammeln und Behördliches. Mario erklärt ihr die Umstände vor Ort. Sie weichen weit ab, von dem, was Joy kennt. Anschließend räumen sie auf. Hinterlassen dem nächsten Nutzer eine saubere Hütte. Dann fahren sie zur Fähre. Während der Überfahrt besprechen sie Möglichkeiten. Auf Teneriffa wartet Dimitri mit seinem Cabriolet am Kai. Joy und Mario steigen hinten ein. Joy liegt in Marios Arm. Sie ist unsagbar glücklich. Ihr Traummann hat dieselben Interessen. Besser geht es nicht.

Dimitri sieht Mario im Spiegel an. Mario nickt. Dimitri grinst. Joy ahnt nichts. Sie glaubt, ihre große Liebe gefunden zu haben. Am Tierasyl angekommen, steigen sie aus. Mario löst sich grob von Joy und geht ins Haus. Sie sieht ihm enttäuscht nach. Dimitri entschuldigt sein Verhalten damit, dass er viel zu tun hat. Joy nickt. Dimitri nimmt einen Sack aus seinem Kofferraum. Füllt ihn in einen Trog. Aus allen Richtungen strömen Hunde herbei. Jede Größe und Art. Doch sehr viele spanische Windhunde. Über deren Schicksal hat Joy schon viel gehört. Für die Rennbahnen gezüchtet und auf die übelste Art entsorgt, wenn sie verletzt sind oder ihre Leistung nicht mehr bringen. Joy packt die Wut. Jetzt ist sie noch motivierter zu helfen.

Mario kommt zurück. Joy tritt freudig auf ihn zu, doch er geht an ihr vorbei. Sattelt zwei Pferde. Dimitri fordert Joy auf, mit ihm auszureiten. Sie tut es, doch kann sie den Ausblick nicht genießen. Denkt über Marios Reaktionen nach. Sie macht zwar Fotos und Videos, ist aber in Gedanken bei ihm. Tröstet sich mit der Vorstellung, dass Mario die versäumte Zeit nachholen muss.

„Ja, das muss es sein", denkt sie. „Ihm liegen die Tiere genauso am Herzen wie mir. Nur so kann es sein", beruhigt sie sich.

Jetzt konzentriert sie sich auf den Ausritt. Dimitri erklärt ihr Sehenswertes. Und Joy lächelt wieder. Eine Weile später entdeckt sie einen Sack auf einem Felsvorsprung. Trotz Warnung von Dimitri klettert sie zu diesem Sack. Die Felsen sind nicht sicher. Vielleicht rutschig. Doch Joy sieht Bewegungen. Sie löst den Knoten. Sieht hinein. Schreit laut auf. Eine an den Beinen gefesselte Hündin. Das Maul mit Klebeband zugeklebt und fünf Welpen. Dimitri hilft ihr, den Sack zu bergen. Hängt ihn an sein Pferd und reitet so schnell er kann zum Asyl. Joy hinterher. Mario sieht sie kommen und wundert sich. Dann sieht er den Sack. Er kennt das schon und ruft sofort den Tierarzt an. Der ist in wenigen Minuten da. Währenddessen tragen die Männer den Sack ins Haus. Joy legt die Welpen in ein Körbchen, unter eine Wärmelampe. Dimitri und Mario entfesseln die Hündin. Mit dem Maul warten sie noch, bis Mario die Wunden rasiert und gereinigt hat. Jetzt legt er schon mal Zugänge. Der Tierarzt kommt. Schließt die erforderlichen Infusionen an. Sie entfernen das Klebeband. Die Hündin atmet kaum noch. Der Tierarzt berät sich mit Mario. Will das Tier erlösen. Joy ahnt, worum es geht.

„Nein!", schreit sie. „Das dürft ihr nicht. Sie hat Babys", weint sie. „Lasst sie kämpfen." Ihr rinnen Tränen übers Gesicht.

Mario nimmt sie in den Arm. Sie zittert vor Anspannung. „Vergiss nicht, dass wir auch nur Menschen sind", beschwört er sie sanft. „Wir wollen ihr doch nur die Qualen ersparen", versucht er sie zu überzeugen.

„Bitte nicht", fleht Joy, „bitte lass es uns versuchen, sie zu retten."

Er nimmt ihr Kinn. Sieht sie an. Ihre Augen so voller Liebe. „Es ist gegen meine Überzeugung, aber wir versuchen es", lässt er sich auf sie ein.

Dimitri und Mario bringen die Hündin in den Stall. Dort wird sie auf eine Pferdedecke gelegt und die Welpen dazu. Joy hofft, dass sie ihre Babys spürt und kämpft. Dann holt Mario Fläschchen. Sie setzen sich zusammen und füttern die Kleinen. Untersuchen sie dabei. Massieren ihre Bäuche, ganz so als würden sie von der Mutter umsorgt. Alle Welpen sind ohne Verletzungen und wohlauf. Dimitri fährt zur Finca zurück. Joy benetzt ihre Hand mit Welpenmilch und streicht es der Hündin auf die Zunge. Hofft auf Schluckreflexe. Stundenlang streichelt sie die Tiere. Redet mit ihnen.

Mario kümmert sich um die anderen Aufgaben. Sieht immer wieder nach ihr. Ihre Beharrlichkeit fasziniert ihn. Zudem ist sie auch noch bildschön. Er setzt sich zu ihr. Streichelt die Hündin. Redet auf Spanisch mit ihr. Die liebevolle Art, die er im Umgang mit dem Tier zeigt, lässt sie träumen. Stellt sich ein Leben mit ihm vor. Gemeinsam das Aysl zu führen. Hand in Hand zu arbeiten. Immer zusammen zu sein.

Das Piepsen der Welpen holt sie in die Realität zurück. Erneut reibt sie der Hündin Milch auf die Zunge. Ein Reflex. Joy reißt die Augen auf. Erneut ein Zungenruck. Und ihr laufen vor Freude die Tränen. Ein Schluckreflex.

„Mario, siehst du das?", fragt sie euphorisch. „Sie kämpft!"

Mario sieht in Joys Augen. Jetzt glaubt er auch daran. Er gibt dem Tier eine Aufbaulösung. Dann geht er mit Joy zu den Strohballen. Setzt sich mit ihr darauf. Joy lehnt sich an ihn. Seufzt laut. Er nimmt sie in den Arm. Joy schläft erschöpft ein. Als sie wach wird, geht sie zur Box. Mario hat dem Muttertier einen Gurt angelegt. Denn es will immer wieder aufstehen. Doch sie ist noch viel zu schwach. Mario hilft ihr damit. Stellt sie kurz auf die Beine, dann muss sie wieder liegen. Das fördert ihren Kreislauf. Joy sieht die vollen Fläschchen und beginnt die Kleinen zu füttern.

„Wie wollen wir sie nennen?", fragt Mario.

„Was mit Kämpferin zu tun hat, wäre passend", schlägt Joy vor.

„Im Spanischen heißt Kämpferin combatiente", sagt er.

„Etwas lang", bemerkt Joy. „Wie wäre es mit Chacha?"

Mario nickt. „Chacha", stimmt er zu. Und wie er es sagt, hört es sich an, als hätten sie ihrem ersten Kind einen Namen gegeben. Joy ist überglücklich.

Sie füttern zu Ende und gehen ins Haus. Joy möchte duschen. Mario richtet etwas zu essen her. Fertig geduscht setzen sich beide zum Essen zusammen.

„Weißt du eigentlich, wie wunderbar du bist?", sagt er sanft. „Ich hätte sie aufgegeben."

Joy lächelt. „Mario", fragt sie vorsichtig, „darf ich hierbleiben? Ich möchte bei dir bleiben."

Mario sieht sie an. „Es ist ein hartes Leben", will er erklären, doch Joy fällt ihm ins Wort: „Ich kann arbeiten und helfe dir so gut es geht."

Mario nimmt ihre Hand und zieht sie zu sich auf den Schoß. Streichelt ihre Wange. Öffnet ihren Bademantel. „Wir wären ein gutes Team", flüstert er. Streift ihr den Bademantel über die Schultern. Streichelt ihre Brust. Joy schließt die Augen. Sein Streicheln bringt sie in Aufruhr. Sie öffnet die Augen und küsst ihn heftig. Er trägt sie zum Bett. Liebt sie voller Leidenschaft. Joy schwebt im siebten Himmel. Sanft streichelt sie sein Haar, während er auf ihr ruht. Sie schmiedet Pläne und er hört schweigend zu.

Nach einer Weile ziehen sie sich an und gehen zu den Hunden. Mario kümmert sich um Chacha. Hilft ihr beim Aufstehen. Joy füttert die Kleinen. Chacha erleichtert sich. Jetzt ist Mario sicher, dass sie es schafft. Er nimmt Aufbaufutter, püriert es und gibt es ihr in kleinen Portionen. Und Chacha schluckt es. Nachdem sie sicher selbstständig steht, nimmt er ihr alle Infusionen ab. Joy legt die Welpen an Chachas Bauch. Die Hündin leckt sie ab. Joy strahlt vor Glück. Mario nimmt sie auf den Arm. Trägt sie zum Heu. Legt sie auf eine Pferdedecke. Sie müssen nichts sagen. Der ganze Stress und die Anspannung sind von ihnen abgefallen. Sie sind völlig in sich vertieft. Genießen einander hemmungslos. Schnaufend und befriedigt liegen sie im Heu.

Eine Autotür klappt. Mario schreckt hoch. Zieht sich schnell die Hose an. „Den Tierarzt hab ich völlig vergessen", sagt er gehetzt.

Joy steht nackt auf und will sich anziehen, doch zu spät, der Tierarzt kommt schon rein. Joy hält sich ihre Hände vor Brust und Schritt. Der Tierarzt mustert sie von oben bis unten. Lächelt. Zwinkert ihr zu und geht zu den Hunden. Staunt über den Erfolg. Während Mario alles erzählt, zieht sich Joy an. Stellt sich dazu. Überrascht und sehr zufrieden, verabschiedet sich der Tierarzt wieder. Sieht Joy noch mal intensiv an. Grinst. Dann geht er.

Mario hebt Joy an den Hüften hoch und dreht sich mit ihr. „Wir sind ein wirklich gutes Team", sagt er und Joy schwebt im siebtem Himmel. „Komm, lass uns deine Sachen holen", fordert er sie auf und zieht sie mit sich zum Auto.

Joy liegt während der Fahrt in seinem Arm. Erträumt sich ihre Zukunft mit ihm. Hand in Hand mit ihm am Strand. Chacha und die Welpen laufen nebenher. Sie lächelt vor Glück. Auf der Finca angekommen, kommt Kosima auf Joy zu und will sie umarmen.

„Da bist du ja endlich", sagt sie zu Joy.

Doch Joy weicht zurück. Kosima erkennt, was los ist. Richtet sich an Mario. „Na, da hast du es ja geschafft", sagt sie anerkennend, aber bösartig. „Da wird sich Dimitri ja freuen, wusste ich es doch, dass du der Richtige für den Job bist, Frauenjäger", feixt sie.

Joy guckt sie fragend an. Dann Mario. Doch der rührt sich nicht. Joy tritt zur Seite. Denkt nach. Jetzt fallen ihr einige Dinge ein. Blicke, die sie suchten. Augenzwinkern. Die zufällige Begegnung auf La Gomera. Die Hütte. Und der Satz, dass Dimitri weiß, dass sie bei ihm ist.

Sie sieht Mario mit Tränen in den Augen an. „Das war alles abgesprochen?", fragt sie vorsichtig, in der Hoffnung er sagt etwas anderes.

Doch er sagt nichts. Sieht sie nicht einmal an. Joy wird schlecht. Tränen laufen über ihr Gesicht. Ihr Magen schnürt sich zusammen. Sie kann kaum atmen. Ihr wird schwindelig. Sie rennt in ihr Zimmer. Alles dreht sich in ihr. Sie sitzt weinend auf ihrem Bett.

Mario ist ihr hinterhergelaufen. Kniet sich vor sie. Nimmt ihre Hände. „Joy, bitte hör zu, wir müssen hier weg. Komm, bitte. Ich erklär dir alles, doch bitte komm jetzt mit, schnell", drängt er. Zieht sie mit sich.

Am Ende der Treppe steht Dimitri mit seinen Jungs. „Wo willst du denn hin?", fragt Dimitri kalt.

„Bitte lass sie mir", bettelt Mario. „Ich bezahle auch. Egal, wie viel du willst."

Doch Dimitri gibt den Jungs ein Zeichen. Sie schleppen Joy in ihr Zimmer und fesseln sie an ihr Bett. Knebeln sie.

Dimitri steht vor Mario. „Du hast wohl vergessen, was deine Aufgabe ist?", fragt Dimitri mit eiskalten Augen. „Du willst mir doch nicht das Geschäft kaputt machen, oder?"

Jetzt eine falsche Bewegung und Mario hat sein Todesurteil gesprochen. „Nein, natürlich nicht", sagt er leise. „Sie ist nur so ganz anders wie die, die ich sonst angeworben habe. Tut mir leid", gibt Mario klein bei.

Dimitri tritt zur Seite. Mario soll gehen. Joy liegt auf ihrem Bett. Am Kopf- und Fußteil des Bettes gefesselt. Weint und schluchzt. Alles ist wirr in ihrem Kopf. Ihr Traum zerplatzt. Ihr Herz voller Schmerz, vom Verrat an ihr. Sie kann nicht mal schreien, so leer ist sie.

Dimitri setzt sich zu ihr. Betrachtet sie. Lange. Dann nimmt er ihr den Knebel ab. Streicht verträumt mit seinem Finger über ihre Lippen. „Du wirst für mich arbeiten", bestimmt er. Freiwillig oder nicht. Du bist bildschön. Für die Liebe wie geschaffen", sagt er sanft. Er umkreist mit seinen Fingern ihre Brüste. Zupft an ihrem Nippel. Joy schließt die Augen. Dreht sich weg. Sie will nicht, dass er Regungen an ihr bemerkt. Doch er grinst. Schiebt ihr Shirt hoch und verwöhnt ihre Brüste. Streichelnd, küssend, saugend. Joy versucht sich zu wehren. Bettelt. Dimitri öffnet ihre Hose und zieht sie ein Stück runter. Legt sich über ihren Schoß und verwöhnt sie mit seiner Zunge. Spielt mit ihr. Bringt sie zum Verzweifeln. Sie keucht lauter werdend. Jetzt macht er die Fesseln los. Zieht seine Hose runter und legt sich hin. Joy ist heiß. Sie setzt sich auf ihn und reitet ihn heftig. Streckt sich. Spielt mit ihren Haaren. Sie ist außer Rand und Band. Dimitri bringt sie mit seinem Daumen zum Orgasmus. Joy sinkt auf ihm zusammen. Schnell dreht er sie um. Ergießt sich nach einigen heftigen Stößen auf ihrem Bauch. Liegt schnaufend neben ihr.

„Du hast es drauf", sagt er. „Joy, du bist für die Liebe geschaffen. Bitte bleib freiwillig. Der Sex mit Kosima und Hannah hat dir doch auch gefallen. Joy, sieh mich an", fordert er, „bitte bleib freiwillig. Ich überhäufe dich mit allem Luxus. Sehe mit dir die Welt an, so wie du es vorhattest."

In diesem Moment weiß sie, dass Mario ihm alles erzählt hat. Von ihrem eigentlichen Vorhaben, die Welt zu erkunden. Dass sie ein Auftrag war. Jetzt wird ihr Herz eiskalt. Aus Liebe wird Verzweiflung und Hass.

Dimitri setzt sich auf. Sieht sie an. Streichelt ihr Gesicht. „Joy, was sagst du?", fragt er fast bettelnd.

Sie guckt ihn an, und irgendwas ist merkwürdig. Er hat sie gefangen genommen, doch etwas in seinen Augen fesselt ihre Sinne. Sie weiß nicht, was sie tun soll, doch zusagen will sie auch nicht. Er sieht ihre Verzweiflung.

„Ich schicke dir Hannah", sagt er. „Sie kann dir sagen, was du wissen willst." Er steht auf und geht.

Joy setzt sich aufs Bett. Weiß nicht, wie ihr geschieht. Innerhalb weniger Stunden ist ihre Welt voller Träume und Liebe, dann zerbricht ihre neue Welt wie eine Seifenblase. Eine weitere neue Welt öffnet sich und mit dieser hat sie sich noch nie auseinandergesetzt. Sie weiß gar nichts mehr.

Hannah kommt zu ihr. Sie erklärt Joy, was sie machen soll. Warum sie Dimitri so wichtig ist. Dass er, als er ihr Foto bei der Bewerbung für das Zimmer sah, sofort von ihr fasziniert war. Dass er Kosima und sie auf Joy angesetzt hat. Um zu testen, ob das, was er in ihr sah, wirklich vorhanden ist.

„Joy, glaube mir", sagt Hannah sanft und streichelt Joys Bauch, „du gehörst zu uns. Passt zu uns. Du bist so wunderschön. Dein Körper ist ein Traum. Bitte versuch es", bettelt Hannah. Dann geht sie und holt den roten Body.

Joy weiß gar nichts mehr. Doch sie kommt jetzt auch hier nicht mehr weg. Bis sie einen Plan oder eine Möglichkeit findet, gibt sie sich der Situation erst mal hin. Gegenwehr hat jetzt keinen Sinn. Sie zieht den Body an. Hannah legt ihr ein schwarzes Halsband mit Nieten und Öse an. Frisiert ihr Haar wild. Schminkt sie auffallend. Joy denkt an Geschehenes. Sie hat mit zwei fremden Frauen geschlafen. Mit einem jungen Mann eine Zukunft erträumt. Alles in drei Tagen. Eigentlich ist es ja schon eine Art von Sexdienstleistung gewesen. Nur unbezahlt. Hannah zieht ihr rote High Heels an. Legt ihr eine Leine an das Halsband. Joy versteht. Sie wird vorgeführt. Präsentiert. Jetzt fügt sich alles zusammen. Jeden Abend die Gesellschaften. Die Schatten im Gartenhaus. Pärchen im Pool. Joy ärgert sich über ihre Naivität. Am Ende der Treppe legt Hannah ihr Handschellen mit rotem Plüsch an und bindet ihr eine Augenbinde um.

„Vertrau mir", flüstert Hannah. „Alles wird gut. Du gehörst zu uns." Gibt ihr einen Kuss. Zieht den roten Lippenstift auf Joys Mund nach und führt sie auf den Hof. Ein Raunen und Klatschen ist zu hören.

Joy muss noch einige Minuten stehen, dann hört sie Dimitri „Deal" sagen. Sie wird weggeführt. Im Gartenhaus an die Wand gekettet. Hört die Tür auf und zu gehen. Mehrere Blitze aufleuchten. Sie wird fotografiert. Dann spürt sie Griffe an ihr. Grob und unangenehm. Ein Schmerz. Sie schreit auf.

Mario steht am Grill. Erschreckt sieht er auf. Sein Herz pocht heftig. Doch schnell lenkt er seinen Blick auf Kosima, denn er wird beobachtet. Erneut ein Schrei von Joy. Mario zittert. Dann noch ein Schrei. Dimitri schickt Kosima ins Gartenhaus. Lässt sie alles überprüfen und den Gast ermahnen. Eine Weile später ist der Gast mit Joy fertig und wird vom Hof geführt und darf nicht wiederkommen. Joy wird in ihr Zimmer getragen. Eingeschlossen. Mario ist traurig und wütend auf sich. Er hat noch nie eine Frau so geliebt. Sie waren nur Gegenstände. Doch Joy ist anders. Aber jetzt kann er ihr nicht helfen. Das würden sie beide nicht überleben. Er muss warten und darf sich nichts anmerken lassen.

Kosima untersucht Joy. Nichts an ihr ist verletzt.

Dimitri setzt sich zu ihr. Streichelt ihre Arme. „Das war so nicht geplant", sagt er sanft. „Ich fahre mit dir morgen weg. Ruh dich aus."

Dann wird Joy wieder eingeschlossen. Sie legt sich weinend aufs Bett. Nach einiger Zeit geht sie duschen. Sitzt eine Weile unter dem fließenden Wasser. Sie weiß gar nicht, was ihr geschieht. Ist ohne Verstand. Völlig leer. Sie legt sich im Bademantel in ihr Bett und kuschelt mit ihrem Kissen. Sie fühlt nichts.

Kapitel 2

Nichts ist, wie es scheint

Am nächsten Morgen öffnet Dimitri Joys Tür. „Zieh dich an!", fordert er sie auf. Sieht sie gekrümmt liegen. „Geht es dir gut?", fragt er nach. „Hast du Schmerzen?"

Joy schüttelt den Kopf.

„Zieh dich bitte an, ich hole dich gleich ab", sagt er jetzt sanft. Sie tut, was er sagt. Fertig angezogen sitzt sie auf ihrem Bett. Einige Minuten später holt er sie ab. An der Hand haltend fährt er mit ihr in seinem Cabriolet fort. Er lässt sie die ganze Zeit nicht los. Seine Hände groß und warm. Nach einiger Zeit kommen sie an einer kleinen Bucht an. Er zieht sie über den Steg auf eine kleine Jacht. Löst die Seile und drängt Joy zum Führerhaus. Stellt sie ans Steuer. Legt ihre Hände daran.

„Geradeaus", flüstert er ihr von hinten ins Ohr.

Joy sieht ihn geschockt an. Will die Hände wegnehmen und etwas sagen. Doch Dimitri legt ihre Hände wieder ans Steuer und seine darauf. Drückt den Anlasser. Der Motor heult auf.

„Geradeaus", flüstert er erneut in ihr Ohr und küsst ihren Hals.

Joy zittert vor Aufregung und Anspannung. Schauer rieseln durch ihren Körper. Sie spürt die Wogen des Meeres. Dimitri lässt ihr Hände los. Umklammert ihre Hüfte. Fühlt ihr Zittern. Joy lächelt und er genießt es. Ein paar Meilen auf dem Meer stellt er den Motor aus. Dreht Joy um. Sieht sie an. Und jetzt erst betrachtet Joy ihn genauer: ein kräftiger Mann mittleren Alters. Angegrautes Haar. Graue Augen. Er beginnt sie auszuziehen. Immer den Blick in ihre Augen gerichtet. Zieht ihr Shirt über den Kopf. Verharrt einen Moment, als sie es über ihrem Kopf hat. Spielt an ihren Brüsten. Zieht den BH aus. Küsst ihre Nippel. Joy wagt es nicht, sich zu bewegen. Selbst als er ihr die Schuhe, Hose und Slip auszieht. Joy ist erregt. Steht nackt vor ihm. Jetzt zieht er sich auch aus. Bewusst langsam und Joy starrt ihn an. Sein Körper ist braun gebrannt und durchtrainiert. Jeder Muskel zeichnet sich ab. Kein Wunder. Er ist Kampfsportmeister und hat lange Jahre geboxt. Er nimmt Joy an die Hand und zieht sie zum Ausstieg. Hängt eine Leiter an die Bordwand. Springt mit Joy ins Meer. Als sie auftauchen, nimmt er einen großen Atemzug und taucht mit Joy wieder ab. Als ihr die Luft ausgeht und nach oben will, übergibt er ihr Mund zu Mund seine Luft. Sie tauchen wieder auf. Erneut füllt er sich mit Luft und Joy versteht. Tut es ihm nach. Dann sinken sie ab. Jetzt erst erlebt Joy bewusst die Schwerelosigkeit. Hört die Geräusche des Meeres. Sie übergeben sich ihrem Atem. Tanzen eng umschlungen im Wasser. Joy fühlt die Magie. Sie tauchen wieder auf und erkennen, dass die Strömung sie etwas weiter von der Jacht abgetrieben hat. Sie müssen sich anstrengen, aber erreichen sie wohlbehalten. Klammern sich schnaufend an die Leiter. Joy muss lachen. Sie hat noch nie so etwas Wahnsinniges, aber auch Aufregendes gemacht. Sie steigt die ersten Sprossen hinauf, doch Dimitri hält sie am Bein fest. Joy dreht sich um. Er schnellt nach oben und versenkt seinen Mund in ihrem Schoß. Seine heiße Zunge lässt Joy zucken. Sie biegt sich vor Wollust. Klammert sich an die Leiter. Er lässt ab. Sie soll raufklettern. An Deck nimmt er sie und drängt sie auf die Liege. Jetzt bringt er zu Ende, was er angefangen hat. Lässt Joy zucken und wimmern. Nimmt sie voller Zärtlichkeit. So hat sie es nicht erwartet. Jeden Zentimeter ihres Körpers verwöhnt und streichelt er. Joy erliegt ihm. Tut es ihm gleich. Ihr Herz schlägt heftig. Jede Berührung von ihm lässt sie zittern. Erschöpft liegt sie letztendlich in seinen Armen.

„Joy, bitte arbeite für mich, freiwillig", bittet er sie.

„Wieso ich?", fragt sie vorsichtig.

Er streicht zärtlich ihre Haare aus ihrem Gesicht. „Weil du atemberaubend schön bist. Und als ich dein Foto sah, die Sehnsucht in deinen Augen erkannte, wusste ich es. Du suchst. Jemanden. Einen Platz. Joy, du passt zu uns. Liebst Sex. Und es gibt so viele Arten. Jede will ich mit dir erleben. Du hast mich sofort fasziniert", beteuert er.

„Ich habe Angst", sagt sie leise. „Das von gestern war so erschreckend. Ich habe so etwas noch nie erlebt."

„Ja, das tut mir auch leid", beteuert er. „Das war so nicht gedacht. Doch ich verspreche dir, dass so etwas nie wieder vorkommt. Ich lasse alle wissen, sollten sie sich vergreifen, dass sie es bitterlich bereuen werden. Ich verspreche es dir."

Er streichelt ihre Lippen. Und sie sieht es in seinen Augen: Er liebt sie oder will sie als seinen Besitz. Joy sagt noch nichts. Küsst ihn nur. Doch jetzt ist der Kuss anders. Sie fühlt ihn. Seine Seele. Noch einmal bringt er sie streichelnd zum Schweben. Genießt ihren Anblick, wenn sie sich aufbäumt und laut stöhnt. Die Gefühle sind so mächtig und einnehmend.

„Ja", haucht sie, „ich will es. Ich bleibe bei dir", stimmt sie zu. Er drückt sie fest an sich. Legt seinen Kopf auf ihren. Und sie fühlt sich sicher und geborgen.

Etwas später fahren sie zurück. Hand in Hand betreten sie die Finca. Hannah sieht sie kommen und strahlt. „Ich wusste es. Du gehörst zu uns", sagt sie und umarmt Joy. Dann setzen sie sich und erklären alles. Kosima und Hannah bieten Joy ihre Dessous an. Doch Joy möchte eigene. Hannah holt sich von Dimitri die Autoschlüssel und die Kreditkarte.

Die drei Frauen fahren zu dem Laden, in dem sie schon einmal waren. Es ist der einzige, der auch ausgefallene Erotikwäsche führt. Für jeden Anlass. Und je mehr Joy anprobiert, desto verliebter wird sie in ihren eigenen Körper. Lack und Leder. Strapse. Masken und noch vieles mehr. Hannah und Kosima würden sie am liebsten überfallen. Joy sieht in allem umwerfend aus.

„Du wirst unsere härteste Konkurrentin, die wir je hatten", sagt Kosima.

Joy sieht sie geschockt an. „Niemals!", sagt sie im Brustton der Überzeugung. „Ihr seid mir weit voraus und traumhaft schön. Wisst die Männer und Frauen zu nehmen. Ich muss noch sehr viel von euch lernen", sagt sie und nimmt die beiden in den Arm. Joy zieht sich wieder an. Sie gehen noch etwas essen. Im Restaurant liegt ein Flyer vom Tierasyl. Joy nimmt ihn und geht auf Toilette zum Telefonieren.

„Hallo", hört sie Mario sagen.

„Wie geht es Chacha?", fragt Joy nach einer kurzen Überwindungspause.

„Joy", antwortet Mario überrascht. Joy, es tut mir leid. Bitte glaube mir, ich w..." Doch weiter kommt er nicht. Ihre Gefühle holen sie ein. Wut, Enttäuschung und Verrat. Doch am schlimmsten, der Herzschmerz. Sie legt auf und geht zurück zum Tisch. Hannah sieht ihr Gesicht. „Was ist los mit dir?", fragt sie fürsorglich.

„Mir ist schlecht", antwortet Joy. „Können wir gehen?"

„Selbstverständlich", antwortet Hannah und kramt die Einkäufe hektisch zusammen. Sie macht sich Sorgen. Joys Gesicht ist rot und mit Schweißperlen überzogen. Und dann auch noch so plötzlich. Die drei fahren zurück.

„Halt an!", schreit Joy und lehnt sich aus dem Auto. Erbricht. Hannah hält ihre Haare. Kosima ruft Dimitri an. Als sie auf der Finca ankommen, ist auch der Arzt schon da. Joy kann nicht einmal mehr laufen und Dimitri trägt sie in ihr Zimmer. Sein Gesicht ist voller Sorge. Der Arzt untersucht Joy. Nimmt ihr vorsorglich Blut ab.

„Ich habe wohl etwas Meerwasser geschluckt", sagt Joy erklärend. „Das kann eine Ursache sein", stimmt der Arzt zu und gibt ihr eine kleine Flasche mit Magentropfen. Schreibt die Dosierung auf. Hannah nimmt die Tropfen und bereitet ein Glas vor. Mütterlich kümmert sie sich um Joy. Deckt sie zu. Streichelt ihr Gesicht. Kühlt es mit einem feuchten Tuch. Ganz anders als die kalte, abgeklärte Kosima.

Als alle gegangen sind, setzt Dimitri sich zu ihr. Hält ihre Hand und streicht ihr das Haar aus dem Gesicht. Seine Hände sind warm und seine Augen zärtlich. „Wenn es dir heute Abend besser geht, dann komm doch bitte nach unten. Viele Stammgäste kommen, nur um dich kennenzulernen." Er küsst ihre Hände. Joy nickt. Sie dreht sich auf die Seite und schläft, nachdem er gegangen ist.

Abends wird sie vom Trubel auf dem Hof wach. Sie stellt sich ans Fenster. Eine Menge Leute sind da. Mario steht am

Grill. Sieht zu ihr hoch. Ihre Blicke treffen sich. Lange. Joy fühlt nichts mehr. Sie ist völlig leer. Wie hypnotisiert geht sie ins Bad. Macht sich frisch. Toupiert ihr Haar zu einer wilden Mähne. Schminkt sich smokey eyes, legt glitzerndes Make-up auf und Strass-Schmuck an. Zum Schluss hüllt sie sich in duftendes Parfüm ein. Sie holt ein schwarzes Lack BH-String-Set, die passenden Netzstrümpfe und High Heels aus dem Schrank. Betrachtet sich angezogen vor dem Spiegel. Knallrote Lippen. Ergänzt noch mit einem diamantähnlichen Bauchnabelpiercing. Wirft sich einen schwarzen Satinbademantel über und geht die Treppe hinunter. Als sie den Hof betritt, ist alles still. Alle staunen sie an. Dimitri blickt zur Tür. Auch ihm verschlägt es die Sprache. Starrt sie mit offenem Mund an. Joy sieht ihm starr in die Augen. Lässt den Bademantel an sich herabgleiten. Mit gesenktem Kopf, wie ein angreifender Stier, geht sie Hüfte schwingend auf ihn zu. Hebt ihren Kopf und lässt ihre Hände über ihren Körper gleiten. Er muss schlucken. Ein wahr gewordener Männertraum wie aus einem Magazin. Breitbeinig stellt sie sich vor ihn. Legt ihre Arme um seinen Hals und küsst ihn. Die Handzeichen der Gäste überschlagen sich. Es sind Gebote.

„Ich hole mir was zu essen", haucht sie. „Willst du auch was?"

Er schüttelt den Kopf. Ist verwirrt. Er selbst würde sie am liebsten nehmen. Jetzt auf der Stelle. Vor allen, das wäre ihm egal. Sie ist der Wahnsinn. „Komm schnell wieder", fordert er und klatscht ihr auf den Po.

Und Joy schwingt lasziv mit ihren Hüften, als sie durch die Menge zum Grill geht. Sie sieht Mario ohne ein Lächeln an. Zeigt auf die gegrillte Aubergine.

„Chacha geht es gut", flüstert er ihr zu, als sie Honig auf die Aubergine streicht.

Joy lässt sich nichts anmerken und geht zurück. Stellt sich vor Dimitri und spielt mit ihrer Zunge am Essen. Ihre Lippen glänzen vom Honig. Er wischt ihr mit seinem Daumen etwas Honig vom Mundwinkel. Joy nimmt den Daumen und lutscht daran. Dimitri ist erregt. Doch bevor er selbst mit ihr verschwinden kann, stehen die zwei Höchstbietenden an ihrer Seite. Führen sie zum Gartenhaus. Dimitri sieht ihr hinterher. Sein Herz pocht wie wild. Er bereut es, sie gehen gelassen zu haben. Zwei seiner Jungs stehen in der Nähe des Gartenhauses. Sollte Joy nur einmal laut werden, greifen sie sofort ein. Doch alles läuft gut. Joy wird auf alle Arten zärtlich und genießerisch genommen. Und es gefällt ihr, so begehrt zu werden. Ihre Gefühlswelt explodiert. Keine Tabus. Keine Scheu. Nach den zwei Männern widmet sie sich noch einem weiteren. Ihre sexuelle Gier ist entfacht. Alle sind von ihr begeistert.

Stunden später trägt Dimitri die völlig erschöpfte Joy, eingeschlagen in eine Decke, in ihr Zimmer. Sanft legt er sie ab. Streichelt ihr Gesicht. „Ich wusste es", sagt er lächelnd, „du bist für die Liebe geschaffen. Morgen machen wir, was dir gefällt." Joy ist zu müde, um zu antworten. Sie dreht sich zur Seite und schläft sofort ein.

Am nächsten Morgen geht sie zum Frühstücken. Sie fühlt sich großartig. Blättert in den Prospekten.

Lanzarote

Dimitri kommt dazu. Joy sieht sich die Feuerberge vom Nationalpark Timanfaya an. „Warst du schon mal da?", fragt sie ihn. Sieht spannend aus."

„Selbstverständlich. Ich sehe eben nach, wann die Fähre geht." Er kommt zurück. „Zieh dir festes Zeug an. Treckingschuhe findest du im Abstellraum. Dann müssen wir los."

Er selbst zieht sich auch um. Hand in Hand fährt er mit ihr zur Fähre nach Lanzarote. Auch auf der Fähre lässt er sie nicht los. Steht hinter ihr an der Reling. Umfasst ihre Hüfte. Legt seinen Kopf an ihren. Lässt alle um sie herum erkennen, dass sie zu ihm gehört. Und Joy spürt es. Fühlt sich nicht erdrückt oder besessen. Ganz im Gegenteil. Sein Körper vermittelt ihr Stärke und Sicherheit. Sieht in Gedanken, wie er mit ihr im Meer schwebte. Noch nie zuvor hatte sie so etwas Verrücktes getan. Doch sie hat ihm vertraut. Einem Wildfremden.

Plötzlich ein Aufschrei. Ein Wal taucht ab und die riesige Flosse ist zu sehen. Dann noch einer. „Das ist ein Zeichen", flüstert er ihr ins Ohr. „Fühlst du es?" Joy dreht sich zu ihm um. Sieht die Liebe in seinen Augen. Und jetzt weiß sie es: Er ist der Mann ihres Lebens. Wird sie immer beschützen und ihr die Welt zu Füßen legen. „Ja", haucht sie. Und ihr Kuss wird wie keiner vorher. Liebe ist entfacht. Alles um sie herum vergessen.

Auf Lanzarote fahren sie zum Vulkan. Vor dem Krater ist eine Sperre. Nur geschlossene Busse dürfen den Krater befahren, da Besucher sich nicht an die Vorschriften gehalten und sich an Vegetation und erkalteter Lava bedient haben. Ganz zu schweigen von Hinterlassenschaften und Müll. Dimitri und Joy haben Glück. Ein nicht voll besetzter Bus lässt sie mitfahren. Es gibt zwar nur wenig Moos und Flechten auf der erkalteten Lava zu sehen, doch Joy ist fasziniert. Sie drückt sich die Nase am Fenster platt. Dimitri grinst. Freut sich über ihr Glück. Nach der Kraterfahrt führt er sie zum berühmten Restaurant El Diablo, das in der Vulkanlandschaft eingebaut ist. Dort wird Wasser in Bodenöffnungen geschüttet und Geysire entstehen. Joy erschreckt sich und klammert sich an Dimitri. Ein Fotograf macht den perfekten Schnappschuss von den beiden. Dimitri bezahlt und lässt es sich per E-Mail zuschicken. Dann kann er es im Büro ausdrucken. Neben dem Restaurant befindet sich ein Souvenirladen. Dort kauft Joy Bilderrahmen in verschiedenen Größen und viele Accessoires. Alles aus Lava gefertigt. Auch etwas für Kosima und Hannah. Schmuck und Schatullen. Im Restaurant essen sie zu Mittag. Das Fleisch und Gemüse wird über einem Brunnen gegrillt. Denn der ist nicht über Wasser, sondern Lava gebaut. Joy ist etwas nervös. Wenige Meter unter ihnen brodelt die Erde. Ihre Augen strahlen vor Aufregung. Dimitri hält ihre Hand, lächelt sie an und küsst ihre Handinnenfläche. Ist stolz, mit ihr gesehen zu werden. Sie ist wunderschön.

Nach dem Essen fahren sie wieder den Berg hinunter. Sie sehen eine Kamelführung. Joy und Dimitri nehmen auf den Kamelen Platz. Die Tour führt einmal in die Vulkanlandschaft und wieder zurück. Joy lacht laut, denn das Kamel hinter ihr röhrt ihr in den Nacken. Sie befürchtet, bespuckt zu werden. Dimitri lacht. Er war schon lange nicht mehr so frei. Alles drehte sich bisher nur um Geschäftliches. Er genießt Joys Gegenwart. Sie lässt ihn leben. Anschließend fahren sie zu einer Weinverkostung. Trotz der Vulkanerde haben die Bewohner es geschafft, Trauben zu züchten, die herrlich süßen Wein geben. Dimitri nimmt einen Korb mit Leckereien und Wein mit. Fährt mit Joy zu einer einsamen Bucht. Breitet eine Decke aus dem Kofferraum seines Wagens aus und stellt den Korb darauf. Zieht Joy an sich. Sie lächelt. Fühlt sein Verlangen.

„Weißt du eigentlich, was du mit mir gemacht hast?", fragt er sie zärtlich küssend. „Als ich dich gestern sah, wollte ich mit dir weglaufen. Alle Zelte abbrechen. Joy", und er sieht sie eindringlich an, „ich glaube, ich liebe dich."

„Ich weiß", flüstert sie. „Ich sehe es in deinen Augen." Streichelt seine Lippen. „Mir geht es auch so."

„Dann bleibst du bei mir?", fragt er nach.

Joy nickt. Sie ziehen sich gegenseitig küssend aus. Gehen schwimmen, um den Staub von sich zu waschen. Er trägt sie auf seinen Händen zur Decke, und sie lieben sich im Sonnenuntergang. Zum Essen kommen sie nicht. Sie haben die Zeit vergessen. Schaffen es gerade noch, die letzte Fähre zu erreichen.

Zurück auf der Finca, erzählt Joy aufgeregt vom Erlebten. Selbstverständlich waren die Frauen auch schon da, doch sie lassen Joy erzählen. Dann gibt sie ihnen die Geschenke. Dimitri kommt aus dem Büro. Er hat das Bild ausgedruckt. Joy legt es in einen ihrer mitgebrachten Bilderrahmen. Ein tolles Foto. Die zwei, dahinter ein Geysir und im Hintergrund der Vulkan. Ein Bild, das ewiges Leben ausdrückt. Joy strahlt, als sie es aufstellt.

„Wunderschön", sagt Hannah. „Ihr zwei seht toll zusammen aus." Und dann sieht sie Dimitri an, dass er mit Joy alleine sein will. „Komm, Kosima", sagt sie zur ihr und zieht sie mit sich, „wir müssen noch das Gartenhaus vorbereiten."

Dimitri zwinkert ihr dankbar zu. Joy und Dimitri verbringen die Nacht zusammen. Stundenlang liebkost er sie. Und Joy spürt in jeder Bewegung, wie stark seine Gefühle für sie sind. Hannah und Kosima kümmern sich inzwischen um die Gäste. Dimitri liegt befriedigt und schnaufend auf Joy.

„Heirate mich", sagt er plötzlich. Er sieht sie an. „Joy, heirate mich, bitte", wiederholt er flehend.

Sie sieht ihn geschockt an. Ihr Herz pocht heftig. Sie setzt sich auf.

Dimitri nimmt ihre Hand. „Joy, heirate mich. Ich will dich immer bei mir haben. Du gehörst zu uns. Du fühlst es doch auch. Du bist angekommen. Ich lege dir die Welt zu Füßen."

Sie sieht es ihm an. Er würde tun, was er verspricht. Keine Lügen. Kein Verrat. Sie war immer allein. Jetzt hat sie jemanden. Ohne lange nachzudenken antwortet sie: „Ja." Zärtlich küssend liebkosen sie ihre Verbundenheit.

Am nächsten Morgen lässt er sie länger schlafen und bringt ihr Frühstück ans Bett. Er legt ihr eine goldene Kette um den Hals. Ihre Augen glänzen. „Ich muss leider arbeiten, sonst würde ich dich nicht aus dem Bett lassen. Besprich mit den Frauen, wie du feiern möchtest. Ich erledige die Behördengänge." Er gibt ihr einen Kuss auf die Stirn und geht.

Jetzt erst wird ihr bewusst, was sie getan hat. Sie wollte doch nie heiraten. Wie ist sie denn auf die Idee gekommen, Ja zu sagen. „Was ist denn bloß los mit mir?", fragt sie sich. Sie läuft im Zimmer auf und ab. Denkt an alles, was geschehen ist. Das Schlechte wie auch das Gute. Zu Hause hält sie nichts mehr. Mit ihrer Familie kam sie noch nie klar. Auf der Arbeit ist es auch nicht klasse und Freunde hat sie nicht. Joy stellt sich ans Fenster. Sieht den Hof, den Pool, die Frauen und am Horizont die Sonne über dem Meer. Ihre kleine Wohnung ist schnell wieder vermietet. Die Einrichtung kann der Vermieter verkaufen. Die wichtigsten Papiere hat sie bei sich. Sie stellt sich vor den Spiegel. Sieht die Kette auf ihrer hellen Haut. Ja, jetzt ist sie sicher. Sie geht zu Hannah und Kosima. Setzt sich an den Rand vom Pool.

„Komm doch rein", sagt Kosima und ihre Gier auf Joy ist spürbar.

„Ich muss euch erst mal was erzählen", sagt Joy. „Dimitri hat mich gefragt, ob ich ihn heirate. Und ich hab Ja gesagt."

Hannah zieht Joy mit Bademantel ins Wasser. Drückt und küsst sie. „Ich wusste es", sagt sie freudig. „Gleich, als er dein Foto sah. Und uns auf dich ansetzte. Ich habe es in seinen Augen gesehen. Es war noch nie so wie bei dir."

Kosima verlässt geschockt den Pool und geht ins Gartenhaus. Dann hört man sie weinen. Hannah erklärt: „Viele wollten Dimitri vor den Altar schleifen. Mit allen Mitteln haben sie es versucht. Er hat immer gesagt, dass die Ehe nichts für ihn ist. Kosima hat immer gedacht, er sagt das wegen ihr. Die zwei kennen sich von Kindheit an. Sind zusammen in die Schule gegangen und haben diesen Laden aufgebaut. Sie hat immer gedacht, dass er sie zum Altar führt. Joy, bei dir ist er sich sicher und das bedeutet einfach alles."

Doch Joy hört Hannah nicht mehr. Nur das Schluchzen der verzweifelten Kosima. Jetzt ist sie doch ihre härteste Konkurrentin geworden. Joy fühlt sich wie eine Verräterin. Sie geht nass und wie in Trance die Treppe hoch. Steht in Dimitris Bürotür. „Ich muss ablehnen", sagt sie kalt. Dann geht sie in ihr Zimmer, zieht den nassen Bademantel aus und setzt sich auf ihr Bett. Sie weiß, wie sich Kosima fühlt. Sie selbst hat es erst mit Mario erlebt. Wie ihr das Herz zerreißt. Ihr Traum zerstört ist.

Dimitri ist ihr nachgegangen. „Wieso?", fragt er aufgebracht.

„Ich kann mein Glück nicht auf das Unglück einer anderen bauen. „Geh ins Gartenhaus", sagt Joy, „dann verstehst du, was ich meine." Joy dreht sich um.

Dimitri sieht ihr den Ernst der Lage an. Er weiß, dass ein Gespräch jetzt keinen Sinn hat. Er muss wissen, was passiert ist. Verwirrt und wütend geht er zum Gartenhaus. Will die im Pool sitzende Hannah fragen, doch da hört er Kosimas Weinen und Schluchzen. Jetzt wird ihm alles klar. Er öffnet die Tür.

Kosima liegt seitlich auf der Sonnenbank. Er setzt sich zu ihr. Streichelt ihr Bein.

„Wieso?", fragt sie schluchzend.

„Weil ich mich verliebt habe", sagt er sanft.

„Aber ich liebe dich doch und schon so lange", weint sie.

„Das weiß ich doch", antwortet er. „Ich liebe dich auch. Aber nicht so wie Joy. Schatz, sieh mich an", bittet er. Kosima dreht sich um. Er streicht ihre Tränen aus dem Gesicht. „Du bist mein Anker. Meine Vertraute. Meine Freundin und Geschäftspartnerin. Es gibt niemanden, dem ich so sehr vertraue wie dir", sagt er tröstend.

„Ich dachte nur, wir würden zusammen alt werden", sagt sie mit gesenktem Kopf. „Wieso, willst du weg?", scherzt er. Kosima schüttelt den Kopf. „Dann lass uns weiter ein Dream-Team sein", sagt er zärtlich. „Du bleibst meine rechte Hand. Nichts wird sich ändern. Und nun sei meine Freundin und geh zu Joy, denn die hat wegen dir abgesagt. Zeig mir, dass du mich liebst und gönne mir mein Glück", bittet er und wischt ihr die letzten Tränen vom Gesicht.

Kosima umarmt ihn. „Es tut mir leid. Bitte verzeih. Ich mach es sofort wieder gut", sagt sie und richtet sich zurecht. „Du kannst dich immer auf mich verlassen. Und du bekommst die größte, schönste Hochzeit mit allem Drum und Dran. Verlass dich auf Hannah und mich." Dimitri nimmt ihre Hand. „Ich liebe dich über alles", ergänzt sie. Er küsst ihre Hand und sie geht zu Joy.

Die liegt weinend seitlich auf ihrem Bett. „Wieder ist ein Traum von ihr zerplatzt", denkt Joy und schaut sich das Foto mit Dimitri an. Kosima legt sich hinter sie. „Wunderschön, ihr zwei", sagt sie und streichelt Joys Arm. „Versprich mir nur eines", flüstert sie sanft in Joys Ohr, „mach ihn glücklich."

Joy dreht sich zu ihr um. Kosima wischt Joy die Tränen von der Wange und lächelt. Nickt ihr zu. Joy umarmt Kosima. „Das werde ich. Ich verspreche es", flüstert Joy.

Dimitri steht in der Tür. Sein Blick auf Joy gerichtet. Beginnt sich auszuziehen. Er will sie. Jetzt. Es besiegeln. Die Frauen tun es ihm gleich. Und auch Joys Augen sind auf ihn gerichtet. Sie ist sich sicher. Er ist der Richtige. Dimitri legt sich zwischen die Frauen. Jetzt schläft er mit beiden. Hannah kommt auch noch dazu. Ein menschliches Knäuel der Leidenschaft tummelt sich auf dem Bett.

Am nächsten Tag setzen die Frauen sich zusammen und besprechen den Ablauf der Hochzeit. Was alles angeschafft und bedacht werden muss. Kosima kümmert sich um die Gästeliste. Hannah um die Hofgestaltung. Pavillons, Buffetmeile, Lampions, Blumenbukett und noch vieles mehr. Dimitri und Joy nehmen ihr gemeinsames Bild und lassen Einladungskarten damit drucken.

„Dimitri & Joy
Zwei Herzen haben sich gefunden
und entschieden, für immer
zusammenzubleiben"

Die Karten werden verschickt. Joy bricht zu Hause alle Kontakte ab. Kündigt Job und Wohnung. Der Stress der Vorbereitungen ist Joy anzusehen. Sie liegt öfter erschöpft auf ihrem Bett. Dimitri kriegt nicht genug von ihr. Zugleich muss sie ja auch noch ihrer „Arbeit" nachgehen. Dimitri fährt mit ihr auf La Palma zum Observatorium. Er kennt den leitenden Wissenschaftler und darf mit Joy außerhalb der Besucherzeiten rein. Joy sieht durch das mächtige Teleskop.

„So viele", staunt sie.

„Und jeden einzelnen schenke ich dir", sagt Dimitri. Küsst ihren Hals.

Nach der Besichtigung fahren sie an die Küste. Nehmen einen Sternensplitter und werfen ihn, mit ihren Wünschen in Gedanken, ins Meer. Küssen sich. Versprechen sich ewige Liebe. Wäre es nicht zu kühl, würden sie sich gleich hier lieben. Sie beschließen, eine Nacht zu bleiben. In einem Hotel, mit Zugang zum Naturschwimmbecken, kehren sie ein. Sie warten, bis sie allein sind, und springen nackt hinein. Lassen sich von den Wellen und Wogen verwöhnen. Sie sind ausgelassen und frei von allem Stress. Schwimmen und toben. Eine berauschende Nacht liegt vor ihnen. Am nächsten Morgen frühstücken sie auf dem Balkon des Hotels. Die Aussicht ist ein Traum. Die aufgehende Sonne spiegelt sich auf dem Meer und Fischerboote fahren hinaus. Familien tummeln sich im Naturbecken. Die Morgensonne wärmt ihre Gesichter. Joy strahlt. Dimitri ist grenzenlos fasziniert von ihr. Sie schlendern noch durch die Einkaufsmeile. Sehen sich alles an. Joy nimmt noch Dessous für Hannah und Kosima mit, die sie in der Auslage gesehen hat. Sie haben die gleiche Größe wie sie. Korsagen mit Strings. Westernstyle. Dazu Cowboyhüte. „Für den Junggesellinnenabend", erklärt Joy lachend. Dann fahren sie mit der Mittagsfähre zurück nach Hause.

Die ersten Zusagen sind eingetroffen. Mario ist auch dabei. Joy hält sie in der Hand. Sieht gedankenverloren aus. Dimitri befürchtet eine Reaktion. Sie sieht ihn an. Setzt sich auf seinen Schoß. „Dimitri", beginnt sie, „ich möchte ihm mit seinem Tierasyl helfen. Zu Hause habe ich das ständig gemacht. Spendenaufrufe, Sammlungen, Behördengänge. Ich kann das wirklich gut und ich hätte eine Aufgabe. Darf ich? Bitte!"

Er nickt widerwillig. Doch er hat ihr versprochen, ihr jeden Wunsch zu erfüllen. Und Versprechen sind ihm wichtiger als Verträge.

Joy nimmt das Telefon. Ruft Mario an. „Hallo Mario, hier ist Joy", sagt sie beherrscht. „Ich möchte etwas Geschäftliches mit dir besprechen. Hast du Zeit?".

Mario sagt zu.

„Gut, dann bis gleich. Ich mach mich auf den Weg", endet sie kurz angebunden.

Sie will aufstehen, doch Dimitri hält ihre Hand. Sieht sie an und sie weiß, was ihn bekümmert. Sie streichelt sein Gesicht. „Keine Angst, ich habe gewählt", sagt sie zärtlich. „Dich. Vertrau mir. Es geht mir nur um die Tiere." Er lässt sie widerwillig los. Sie geht in ihr Zimmer, zieht sich feste Sachen an und geht noch mal zu Dimitri. „Hast du noch was zum Mitnehmen?", fragt sie.

Dimitri zieht sie erneut zu sich. „Im Abstellraum", haucht er und küsst sie, als würde er sie länger nicht sehen.

Joy lächelt. Doch sie weiß, geht sie jetzt nicht, geht sie gar nicht mehr. Sie nimmt den Autoschlüssel, holt den Sack mit den Lebensmittelresten und fährt zum Asyl. Vor dem Tor atmet sie noch einmal tief durch. Es öffnet sich. Vor der Scheune hält sie. Nimmt den Sack und schüttet ihn in den Trog. Die Hunde stürmen herbei. Joys Herz hüpft vor Freude. Jetzt weiß sie, was zählt.

„Da bist du ja endlich", sagt Mario und will sie küssen.

„Damit das klar ist", sagt Joy zurückweichend, „ich bin nur wegen der Tiere hier. Um dir zu helfen. Willst du meine Vorschläge hören?", fragt sie sachlich.

Mario bleibt geschockt stehen. Dann sieht er ihren abweisenden Gesichtsausdruck. Nickt zustimmend.

„Wie geht es Chacha?", fragt sie versöhnlich.

„Allen geht es gut. Komm, ich zeig sie dir", fordert er sie auf.

Sie gehen in den Stall. Joy wird unruhig. Denkt an ihre Zeit mit ihm. Doch sie reißt sich zusammen. Joy setzt sich zu Chacha, nachdem sie sich vergewissert hat, dass das Tier sie wiedererkannt hat. Streichelt sie und die Welpen. Mario steht in der Tür und sieht sie liebevoll an. Joy vermeidet Augenkontakt und stellt ihm ihre Ideen vor. Sie will Chachas Geschichte und die Schicksale der anderen Tiere mit Videos erzählen. Sie in verschiedenen Vermittlungsportalen vorstellen. Auch was für eine Arbeit hinter dem Asyl steht. Behördliches sowie Finanzielles. Den Spendern genau erklären, wofür ihr Geld benötigt wird. Mario hört fasziniert zu. „Du und ich machen das gemeinsam, als Team", ergänzt sie ernst. Sie sieht ihn an. Ihre Augen treffen sich. Joy fühlt wieder Schmerz. Er nickt lächelnd. Sie will schnell gehen. Doch die Welpen quieken. Mario holt die Fläschchen und beide füttern.

„Wie früher", sagt er leise.

„Nichts ist wie früher", sagt sie kühl und steht auf.

Mario stellt sich schnell vor sie. Versperrt ihr den Weg. „Joy, bitte rede mit mir", fleht er eindringlich. Joys Augen füllen sich mit Tränen. Mario nimmt sie in den Arm. Drückt sie an sich. „Verzeih mir doch, bitte. Es tut mir wirklich leid", beschwört er sie.

Joy zittert heftig. Dann drückt sie ihn weg. Tränen laufen ihr übers Gesicht. „Du hast mir das Herz gebrochen", schluchzt sie. „Lass es mich doch erklären", fleht er verzweifelt. „Was gibt es da noch zu erklären?", fragt sie wütend. „Du hast mich belogen und um meine Liebe betrogen. Mich träumen lassen. Vertrauen lassen. Ich wollte mit dir glücklich sein." Tränen strömen über ihr Gesicht. Er will auf sie zugehen. Doch Joy wehrt ihn ab, schiebt ihn von sich. Sie atmet tief durch. „Uns verbindet nur noch eine geschäftliche Beziehung", sagt sie ernst. „Ich heirate Dimitri und gut. Lass uns für die Tiere da sein, das ist alles, was ich von dir möchte."

Mario weiß, dass er jetzt nichts ausrichten kann. Er muss sie gehen lassen. Er macht den Weg frei. Joy geht zum Auto. Und sie kämpft mit sich, nicht zurückzusehen, denn dann würde sie sich in seine Arme stürzen. Sie fährt los. An einer einsamen Bucht hält sie an. Legt sich in den Sand und weint hemmungslos. Erinnert sich an die schöne Zeit mit Mario. Ihre Träume. Ihr Herz verkrampft sich. Es tut so weh. Doch dann holt sie der Verrat wieder ein. Sie krallt ihre Hände in den Sand. Sie setzt sich hin und schaut aufs Meer. Eine Weile. Beruhigt sich. Redet mit sich selbst. Überzeugt sich mit der Idee, Dimitri zu heiraten. Geht noch mal alle Vorteile der Verbindung durch. Sie kühlt sich das verweinte Gesicht mit Meerwasser. Schminkt sich im Auto, um jede Spur zu verwischen. Doch nur ganz wenig. Sonst fällt es auf. Dann fährt sie zur Finca zurück. Gefasst geht sie zu Dimitri. Erklärt ihr Vorhaben. Er hört ihr aufmerksam zu, doch beobachtet sie auch. Sucht nach Gesten, Mimiken oder anderen Hinweisen an ihr. Doch Joy ist völlig in ihre Idee mit dem Asyl vertieft. Sie verwirft jeden Gedanken an Mario. Sie hat genug gelitten, hat sie entschieden. Dimitri telefoniert. Ein Kunde hat ein kleines Filmstudio und ist von der Idee angetan. Stellt ihr ein Kamerateam zur Seite. Joy ist sprachlos.

„Schließlich will ich meine Frau perfekt in den Medien sehen", antwortet Dimitri lächelnd.

„Perfekt?", fragt Joy aufreizend kess. Zieht sich sexy aus. „Bin ich etwa nicht perfekt?", fragt sie und setzt sich breitbeinig auf seinen Schreibtisch. „Du bist atemberaubend", flüstert er und streichelt sie. Bringt sie zum Erschauern. Bis sie es nicht mehr aushält und ihn reitet. Sie explodiert. Lässt die ganze Anspannung von ihrer Seele rollen. Und Dimitri beweist ihr, dass sie richtig entschieden hat. Überflutet ihren Körper mit Streicheleinheiten und Küssen. Joy kommt laut stöhnend. Und er ergießt sich in ihr. Er lehnt seinen Kopf an ihre Schulter. Sie streichelt sein Haar. „Ich will nur dich", flüstert sie. Und er weiß, dass sie seine Angst gespürt hat. Jetzt ist er mit ihr sicher. Er sieht sie an. Sie küssen sich leidenschaftlich. Erholt ziehen sie sich wieder an. Während Dimitri noch arbeiten muss, geht Joy zu Hannah und Kosima. Gemeinsam durchblättern sie Magazine für Brautmoden. Doch nichts gefällt Joy. Sie will etwas Figurbetontes mit langen Ärmeln. Die drei beschließen, am nächsten Tag shoppen zu fahren.

Joy geht in ihr Zimmer. Duscht und parfümiert sich ein. Am Abend werden Gäste erwartet und sie hat richtig Lust. Der Quickie mit Dimitri reicht ihr nicht. Sie nimmt sich mehrere Dessous. Mixt sie und ergänzt sie mit Accessoires. Stylt sich. Diesmal als kesses Girly. BH-String-Set, kurzes Top und Mini-Rüschenrock. Lange Strümpfe und Sneaker. Haare zum Zopf. Heute will sie spielen. Dimitri steht auf dem Hof. Lacht vor Begeisterung. Joy springt seil. Kichert. Scherzt und albert mit den Gästen. Keck und aufreizend. Das Röckchen auch mal hebend. Alle sehen sie fasziniert an. Die Gebote überschlagen sich. Und Joy spielt ihre Rolle mit Begeisterung. Lacht und albert kess. Jetzt wird Dimitri eifersüchtig. Doch er ist seinen Kunden verpflichtet. Er fühlt, dass er das nicht mehr will. Joy wird umgarnt. Sie verschwindet mit einem nach dem anderen. Genießt die Männer. Übernimmt die Führung. Lässt keine Wünsche offen. Alle wollen sie, und Hannah und Kosima haben es schwer, auch welche zu bekommen.

Dimitri geht in sein Büro. Läuft auf und ab. Denkt nach. Er hat noch nie so empfunden. Möchte sie am liebsten aus den Armen der Männer reißen. Alles in ihm ist in Aufruhr. Er schlägt mit seiner Faust gegen die Wand. Dann geht er in ihr Zimmer und legt sich auf ihr Bett. Wartet auf sie. Joy sieht ihn nicht auf dem Hof und sucht ihn. „Ist alles in Ordnung?", fragt sie vorsichtig, als sie ihn schließlich in ihrem Zimmer findet. Er sieht sie an. Sie steht mit knetenden Händen vorm Bett. Dimitri setzt sich auf den Bettrand. Umfasst ihren Po und drückt seinen Kopf an ihren Bauch. Seufzt.

Joy ahnt, was los ist. „Sie bedeuten mir nichts", sagt sie zärtlich und hebt seinen Kopf. Sieht ihm in die Augen. „Dimitri, ich liebe dich und werde dich heiraten", lächelt sie ihn an. Und Dimitri nimmt sie, wild streichelnd und voller Leidenschaft.

Nach wenigen Stunden Schlaf treffen sich die Frauen zum Shoppen. Gemeinsam fahren sie in die Stadt. In einem kleinen Brautmodengeschäft kehren sie ein. Joy gefällt nichts. Dann sieht sie ein weißes Flamencokleid. Zieht es an. Es ist wie auf sie zugeschnitten. Hauteng bis über den Po. Dann ein luftig schwingender Rock im Vokuhila-Stil bis zu den Waden. Die Verkäuferin ist hingerissen. Niemand wollte bisher dieses Kleid haben. Joy lässt lange Ärmel anbringen und den Ausschnitt bis zum Bauchnabel erweitern. Eine goldene Spange hält es an den Brüsten zusammen. Kleine Daunenfedern werden in den Rock eingearbeitet. Ein paar Veränderungen machen es besonders. Kosima und Hannah staunen. „So besonders und einzigartig wie du", sagt Hannah begeistert. Joy lässt es liefern.

Bei den Frisuren gehen die Meinungen auseinander. Sie gehen in einen Friseurladen. Joy sieht eine Zopffrisur in einem Magazin. Zwei breite Zöpfe, die zu Blüten gezogen werden. Je Blüte eine Perle in die Mitte. Sie bespricht es mit der Inhaberin. Eine Auszubildende hat zugehört. Sie hätte diese Frisur schon einmal gemacht. Joy lässt sie es probieren. Und es wird perfekt. Sie lässt sie zum Termin abholen. Wieder normal frisiert gehen die drei in einen Schuhladen. Joy hat Glück. Weiße Pumps mit Blüten. Genau zum Kleid passend. Sie lässt noch Daunenfedern um die Blüten kleben und mit Strass und Perlen besetzen. Lässt sie ebenfalls liefern.

An einem Schaufenster vom Juwelier bleibt sie stehen. Ein goldener Handschmeichler hat es ihr angetan. Doch sie hat nicht genug Geld dabei und Dimitris will sie nicht nehmen. Schließlich soll er ja nicht sein eigenes Geschenk bezahlen. Hannah und Kosima legen zusammen. „Hier, unser Hochzeitsgeschenk", sagt Hannah und drückt ihr das Geld in die Hand. Joy strahlt. Bedankt sich mit einem Kuss. Dann geht sie hinein. Lässt eine Öse anbringen. Denn es soll ein Schlüsselanhänger werden. Und sie lässt ihn gravieren. Dann sieht sie eine goldene Panzerkette. Goldene Buchstaben. Sie lässt die Buchstaben J, K und H anbringen. Je ein Herz dazwischen. Diese Kette nimmt sie auf Kredit. Der Juwelier kennt die Adresse und Dimitri. Stimmt sofort zu. Es widerspricht eigentlich Joys Einstellung, Kredite zu nehmen, doch das ist ihr wichtig. Die Frauen sehen sie an. „Für uns", sagt Joy und nimmt die zwei in den Arm. Kosima will nicht, doch sie hat Tränen in den Augen.

„Jetzt fehlt nur noch der Brautstrauß", sagt Joy.

„Das überlässt du uns", sagt Hannah.

Joy nickt lächelnd. Die drei gehen gut gelaunt zum Auto. Plötzlich sieht Joy am Straßenrand einen blutüberströmten Hund liegen. Sie schreit um Hilfe. Ein Gastronom bringt einen Sack. Joy sieht einen jungen Mann die Situation filmen. Sie bittet ihn, weiterzumachen und ihnen zu folgen. Er hat Zeit und tut es. Passanten helfen Joy, das verletzte Tier zu ihrem Auto zu tragen. Sie setzt sich damit auf den Rücksitz und sie fahren zum Asyl. Kosima fährt so schnell sie kann. Hannah ruft Dimitri an. Der veranlasst den Tierarzt, zu Mario zu kommen. Er selbst macht sich auch auf den Weg. Als die Frauen ankommen, sind schon alle da. Dimitri hilft Mario, das Tier ins Haus zu bringen. Joy erklärt dem jungen Mann, warum er filmen soll. Der stellt sich in Position. Es herrscht Hektik. Dimitri stellt sich hinter Joy. Hält sie fest. Sie zittert heftig und krallt ihre Hände ineinander. Hannah und Kosima fahren weg. Sie ertragen das ganze Blut nicht. Plötzlich hebt der Arzt schüttelnd den Kopf. Mario sieht Joy an. Und auch er schüttelt den Kopf. Joy schreit auf und weint heftig los. Krümmt sich. Dimitri hält sie fest. Redet auf sie ein. Streichelt und beruhigt sie.

Joy sieht den jungen Mann, der gehen will. „Bitte nicht!", schluchzt sie. „Bitte filme weiter", bettelt sie. Sie stellt sich in Position. Unter Tränen spricht sie in die Kamera. „Hallo, ich bin Joy. Und das dort", sie zeigt auf Mario, „ist Mario, der dieses Asyl leitet. Wie ihr gesehen habt, haben wir den Kampf verloren. Es wurde alles getan, um diesen Hund zu retten, doch seine Verletzungen waren zu schwer." Sie atmet durch und wischt sich die Tränen vom Gesicht. „Aber das ist nicht das einzige Schicksal eines Tieres. Wir haben so viele Tiere hier, die eine Geschichte zu erzählen haben. Und wir werden sie euch erzählen. Demnächst drehen wir Videos, in denen wir euch die Tiere, das Asyl, die Arbeit und die Kosten aufzeigen. Damit ihr wisst, wofür eure Spenden verwendet werden. Bitte folgt uns in den sozialen Netzwerken. Mario, der sich täglich für die Tiere aufopfert, braucht eure Hilfe. Wir brauchen eure Hilfe. Die Tiere brauchen eure Hilfe. Denn leider gibt es zu viele verantwortungslose, barbarische Menschen, die Tiere quälen, im Stich lassen, aussetzen und Schlimmeres." Joy streckt Mario ihre Hand entgegen und er nimmt sie. Händehaltend sehen sie in die Kamera. „Nur gemeinsam können wir etwas erreichen und die Welt für die Tiere besser machen. Bis bald, Joy und Mario", endet sie. Sie sehen sich beide an, dann leicht lächelnd in die Kamera. Schnitt. Dimitri fordert die Aufnahme ein und erlaubt dem jungen Mann, es in den sozialen Netzwerken zu posten. Joy bedankt sich noch herzlich bei dem jungen Mann, bevor dieser geht.

Dimitri zieht sie mit sich. Vor dem Auto nimmt er sie noch mal in den Arm. Dass sie blutverschmiert ist, stört ihn nicht. „Das hast du großartig gemacht", sagt er voller Stolz und küsst sie.

Mario sieht ihr nach. Er bedauert, sie gehen gelassen zu haben. „Danke!", ruft er ihr noch schnell hinterher, in der Hoffnung, dass sie sich noch mal umdreht. Doch Joy hebt nur die Hand.

Während der Fahrt liegt sie weinend in Dimitris Arm. Auch sein Streicheln tröstet sie nicht. Sie sucht in Gedanken nach Lösungen. Immer wieder quält sie der Gedanke, nicht schnell genug gewesen zu sein. Geht das Erlebte immer wieder durch. Sie ist voller Schmerz und Verzweiflung. Zermartet sich. Dimitri trägt sie unter die Dusche. Joy hält sich an ihm fest, während er sie auszieht. Doch sie fühlt nichts. Dimitri versucht sie während des Duschens mit Zärtlichkeiten abzulenken, doch Joy reagiert nicht. Er bringt sie in ihren Bademantel gehüllt ins Bett. In seinen Armen schläft sie ein. Am Abend ist eine Gesellschaft und Dimitri muss sich um seine Gäste kümmern. Joy liegt gekrümmt auf ihrem Bett und weint. Sie ist nicht in der Lage teilzunehmen.

Mario geht zu ihr ins Zimmer. Setzt sich neben sie. Streichelt ihren Kopf. „Joy, tu dir das doch nicht an", sagt er sanft. „Wir haben wirklich alles versucht. Ich verspreche es dir. Wir können nicht immer gewinnen", sagt er und streicht ihre Tränen von der Wange. Dann holt er sein Handy aus der Hosentasche. „Sieh mal", sagt er freudig. „Dein Video ist online und Tausende haben es schon gesehen. Stündlich werden es mehr. Joy, es funktioniert. Sogar die Zeitung hat schon angerufen."

Joy sieht die Zahlen. Nickt. Doch freuen kann sie sich nicht. „Geh jetzt bitte", verlangt sie leise. „Joy", flüstert er und will sie küssen. Doch sie schiebt ihn zurück. „Nur Freundschaft", sagt sie ernst. Sie hat schon genug Schmerzen. Und jetzt weiß er, dass es für immer vorbei ist. Er hat seine Chance vertan. „Es tut mir wirklich leid", sagt er noch einmal sanft, dann geht er. Joy weiß, was er meint, doch sie hat sich entschieden.

Dimitri stand hinter der Tür und hat sie belauscht. Jetzt ist er mit ihr ganz sicher. Er geht zu ihr. Bevor sie etwas sagen kann, hüllt er sie in ihre Decke und trägt sie zum Auto.

„Was ist mit ihr?", fragt Kosima besorgt.

„Kümmere dich um alles. Nimm dir die Jungs zu Hilfe. Wir kommen morgen wieder." Dann legt er Joy auf den Rücksitz und fährt los.

Joy sieht die Sterne am Himmel. Doch sie fühlt noch immer nichts. Sie ist wie in einer Blase ohne Geräusche und Gefühl. An seiner Jacht angekommen, trägt er Joy an Bord. Legt sie auf die Liege, macht die Leinen los und fährt auf das Meer. Setzt sich neben Joy. Ihre Wange streichelnd sieht er mit ihr in die Sterne. „Stell dir vor", beginnt er, „jeder Stern ist eine geliebte Seele." Joy hört ihm zu. „Auch dieser Hund ist einer, denn er wurde geliebt, von dir." Er streichelt ihren Kopf. Dreht sie etwas zu sich. Sieht ihr in die Augen. „Joy, du hast alles versucht. Doch auch du kannst den Tod nicht verhindern. Nicht jedes Leid ungeschehen machen. Aber du kannst lieben. Dich engagieren. Und so wie ich es gesehen habe, die Stimme der Tiere sein. Joy, mach weiter. Sie brauchen dich." „Wenn es nur nicht so wehtun würde", sagt sie leise. Dimitri legt seinen Kopf auf ihren. Dann guckt sie wieder in den Himmel. Ein Stern leuchtet auf und sie stellt sich vor, es ist die Seele des Hundes. Und es tröstet sie. Sie hält seine Arme um sich, wie einen schützenden Mantel. Jetzt beruhigt sie sich. Eine Sternschnuppe fällt. „Schnell, wünsch dir was", sagt sie zu ihm. „Ich brauche sie nicht", flüstert er ihr ins Ohr. „Mein Wunsch ist schon in Erfüllung gegangen." Sie dreht sich zu ihm um. Seine Augen glänzen im Mondschein. „Ich hätte nie gedacht, noch einmal zu lieben", fährt er zärtlich fort. „Als ich dein Foto sah, hat es mich wie ein Blitz getroffen. Und ich wollte dich. Egal wie. Es tut mir leid, dass unser Anfang so extrem war, doch bitte versuche es zu verstehen. Es war meine Welt. Ich kannte es nicht anders. Ich liebe mein Geschäft. Doch jetzt ist alles anders. Du hast mich verhext. Ich will nur noch dich an meiner Seite. Mit dir ein anderes Leben. Eine Familie gründen. Ich bin hoffnungslos in dich verliebt. Verzeih mir", sagt er sanft.

Joy setzt sich auf. Nimmt seine Hand. „Dimitri", beginnt sie ernst, „ja, der Anfang war außergewöhnlich und hart. Ich habe noch nie in meinem Leben solche Erfahrungen gemacht. Es war erschreckend. Doch du hast dich nicht in mir getäuscht. Ich hatte Sehnsucht. Ich war auf der Suche und das Schicksal hat mich zu dir geführt. Es sollte wohl so sein. Ich habe dich schätzen gelernt. Du bist weise und klug. Weißt mich zu nehmen und zu trösten. Ich fühle mich endlich geborgen. Bei dir. Dieses Gefühl hatte ich noch nie. Ich war immer allein. Jetzt bin ich es nicht mehr und ich weiß, dass du mich glücklich machen wirst." Sie streichelt zärtlich seine Lippe. Ihre Augen funkeln. „Ich liebe dich", haucht sie. Zärtlich küssend verwöhnen sie sich gegenseitig. Nur der Mond schaut ihnen zu. Die Wogen des Meeres wiegen sie. Das Klatschen der Wellen am Rumpf des Bootes übertönt ihr Liebesspiel. Bis sie sich erschöpft in den Armen liegen. Sie schlafen unter der Sternendecke des Himmels ein.

Träume werden wahr

Ein Tuten weckt sie. Das Horn eines Frachters, der genau auf sie zusteuert, schreckt sie auf. Dimitri hat vergessen, den Anker zu setzen und sie sind in die Schifffahrtslinie geraten. Nackt rennt er ins Führerhaus. Wirft den Motor an und steuert, so schnell er kann zur Seite. Der Frachter ist schon ganz nah. Nur wenige Meter trennen sie noch voneinander. Die Wellen bringen die kleine Jacht heftig zum Schaukeln. Wasser schwappt über die Reling. Joy muss sich krampfhaft festhalten. In letzter Minute schaffen sie es aus dem Sog des Frachters. Das wäre ihr sicherer Tod gewesen. Dimitri steuert auf das nächste Festland zu. Sie sind kurz vor El Hierro.

El hierro

Sie ziehen sie sich an. Legen im Jachthafen an. Dimitri macht die Jacht richtig gut fest. Noch mal erlaubt er sich keine Nachlässigkeit. Sie gehen in eines der wenigen Restaurants frühstücken. El Hierro ist eine sehr kleine Insel. Für einen ruhigen Urlaub perfekt. Hier kann man entspannen. Traumhaft schön. Die beiden schlendern anschließend durch eine kleine Einkaufsmeile. Besorgen sich etwas zum Anziehen. Joy hat sich noch mit Dessous eingedeckt. Plötzlich sieht Joy eine kleine Kirche und sie zieht sie magisch an. Die Vegetation versperrt ihr die Sicht. Sie zieht Dimitri hinter sich her. Sie muss näher ran. Je näher sie der Kirche kommt, umso heftiger schlägt ihr Herz. Auf mehreren mit Treppen verbundenen Plateaus steht eine kleine weiße Kirche mit weißen Geländern verziert. Geradezu romantisch. Rundherum Gräser und Sträucher. Joy sieht den offenen Eingang und sie geht wie hypnotisiert hinein. Steuert auf den Altar zu. Eine Magie hat sie fest im Griff. Sie sieht sich alles an. Staunt fasziniert. Fühlt sich ergriffen. Sie will es Dimitri sagen und dreht sich um. Er kniet vor ihr. Auch er hat die Magie gespürt.

„Heirate mich", sagt er mit Tränen in den Augen. Heirate mich, hier", fordert er zärtlich. Und Joy fliegt ihm geradezu in die Arme. „Ja, Ja und Ja", schreit sie fast. Sie liegen sich in den Armen. Sie stehen auf und setzen sich auf eine Bank. Küssen sich zärtlich.

Der Geistliche kommt herein, um die Abendandacht vorzubereiten. Er sieht die zwei. Dimitri lässt Joy los. Kniet sich vor ihn und küsst dessen Kreuz an seiner Kette. Dimitri ist nicht unbedingt ein Kirchgänger, doch er achtet und respektiert die Rituale. Er erklärt ihre Absichten. Bespricht die Trauung und den Termin. Joy sieht sich währenddessen um. Jedes Bild und Ornament beeindruckt sie. Sie kann sich gar nicht sattsehen. Dimitri holt sie zu sich. Stellt sie dem Geistlichen vor. Der lächelt. Streichelt über ihre Wange. Er sieht ihr an, wie sehr sie diese Kirche einnimmt. Mit einem Segen verlässt er die beiden.

Dimitri mietet ein Zimmer, mit Aussicht auf die Kirche. Joy möchte unbedingt noch bleiben. Sie mieten ein Auto und erkunden die Insel. Gehen an der recht rauen Küste spazieren. Lassen sich den Wind ins Gesicht wehen. Sie fahren zu berühmten Aussichtspunkten. Im Sabinar-Landschaftsschutzgebiet fotografieren sie sich vor den vom Wind geformten Wachholderbäumen. Auf dem Pico de Malpaso sehen sie in die Weite. Es ist romantisch und wunderschön. Am Strand von Playa del Verodal baden sie. Ehrfürchtig wandern sie durch das Ecomuseum of Guinea. Sie sehen die alten Gebäude und wie liebevoll es mit Pflanzen sehenswert gemacht worden ist. Fühlen sich recht verwöhnt. Sie werden diese Arbeit mit einer Spende unterstützen. In einem der vielen Restaurants gehen sie essen. Viele Fotos untermauern ihr Glück.

Zurück im Hotel, zieht Dimitri Joy an sich. Will sie schon den ganzen Tag. Doch Joy schubst ihn auf das Bett. Geschockt sieht er sie an. „Noch nicht", sagt sie streng. Dann geht sie mit ihrer Einkaufstasche ins Bad. Erwartungsvoll liegt Dimitri auf dem Bett. Joy duscht, parfümiert und schminkt sich dezent. Wuselt ihr Haar zu einer Mähne. Dann zieht sie ein weißes Negligé an. Es ist ganz glatt und seidig. Es fühlt sich wunderbar an. Schnell noch etwas roten Lippenstift. Dann stellt sie sich breitbeinig in den Türrahmen. Streckt sich, bewegt sich wie in einem erotischen Tanz. Lässt ihre Hände über das Negligé gleiten. Seufzt, wenn sie sich berührt. Dimitri muss schlucken. Sie kommt langsam näher. Spielt mit ihrer Zunge an ihren Lippen. Lässt sie glänzen. Dann streift sie einen Träger über ihre Schulter. Legt eine Brust frei. Umkreist mit ihrem Finger ihren Nippel. Sieht ihn dabei verführerisch an. Jetzt kann er nicht mehr. Er springt aus dem Bett und kniet vor ihr. Fährt mit seinen Händen über das seidige Dessous. Schiebt es hoch. Versenkt seinen Kopf in ihrem Schoß. Und jetzt übernimmt er das Liebesspiel und wird ihr einiges abverlangen. Ins Bett schaffen sie es gar nicht erst. Er ist ein Vulkan, der ausbricht. Joy muss sich beherrschen, nicht zu schreien. Und Dimitri genießt es. Quält sie leidenschaftlich.

Am nächsten Morgen frühstücken sie auf der Terrasse des Hotels, mit Blick auf die Kirche. Joy ist überglücklich. Dann fahren sie mit der Jacht zurück. Stunden später kommen sie auf der Finca an. Dimitri geht ins Büro und Joy zu Hannah und Kosima in den Pool. Sie erzählt ihnen, was sie erlebt hat. Die Magie, die sie fühlt. Die zwei kennen natürlich die Festungskirche von El Hierro. Auch sie haben sie schon gespürt. Hannah erklärt: „Das liegt an der Madonna. Sie ist die Beschützerin der Insel. Zur Prozession wird eine Madonnen-Statue quer über die Insel getragen und in der Kirche aufgestellt. Es ist jedes Mal ein riesiges Fest. Wir fahren beim nächsten Mal mit dir hin", verspricht sie. Jetzt freut sich Joy noch mehr auf die Hochzeit. Die drei Frauen besprechen, wie sie es am besten machen wollen. Hannah spielt mit. Denn Dimitri hat schon alles veranlasst und sie eingeweiht. Nur sie. Denn mittlerweile vertraut er ihr mehr, was Joy betrifft. Er weiß ihre Ehrlichkeit zu schätzen und wie sie zu deren Liebe steht. Kosima und Hannah ziehen Joy mit sich in ihr Zimmer. Verbinden ihr die Augen. Ziehen sie aus. Joy gibt sich ihnen hin. Erwartet Berührungen. Doch ihr werden Sachen angezogen. Joy wundert sich. Die Hände auf ihrem Körper lassen sie seufzen. Wünscht sich mehr. Doch dann fühlt sie Stiefel an ihren Füßen. Jetzt muss sie lachen. Junggesellinnenabschied. „Jippeeh", ruft sie. Alle lachen. Noch immer die Augen verbunden, fahren die Frauen mit ihr zu einem Westernclub. Dort wird ihr die Augenbinde abgenommen, ein Hut aufgesetzt und ein Kinderpistolengürtel umgeschnallt. Jetzt gibt es kein Halten mehr. Hannah kann Westerntanz und bringt ihn Joy bei. Kosima sorgt für Getränke. Es dauert nicht lange und die ersten Männer schließen sich an. Die Tanzfläche füllt sich. Ein mechanischer Bulle steht in der Ecke. Joy setzt sich darauf. Schnell ist sie umringt und wird angefeuert. Mit dem Hut wirbelnd reitet sie das Gerät. Sie sieht umwerfend sexy aus. Kosima lässt das Gerät vorsorglich abstellen. Joy soll sich nicht noch vor der Hochzeit verletzen. Joy lacht, trinkt und tanzt. Und ist immer umringt. Sie albert mit den Jungs rum. Hemden fliegen. Viele zeigen ihre durchtrainierten Körper. Joy beteuert immer wieder, dass sie heiratet. Aber das ist für einige uninteressant. Und je später der Abend und je höher der Alkoholpegel, desto schwerer wird es, die extremeren Typen zurückzudrängen. Einer kann sich nicht mehr beherrschen. Drängt sie in die Ecke und befummelt sie.

„Loslassen, sofort!", hört Joy eine Männerstimme bedrohlich sagen. Mario steht vor ihnen. Der Typ will zuschlagen, doch Mario ist schneller. Der Typ geht zu Boden. Mario zieht Joy mit sich. Fährt mit ihr auf seinem Motorrad zum Strand. Steigt ab und stellt sich an sie. Joy ist zwischen ihm und dem Motorrad eingekeilt.

„Mario, bitte nicht", sagt sie, als er sich an sie drückt.

„Ich will, dass du mir endlich zuhörst", sagt er sanft, aber bestimmt.

Joy nickt. Sie merkt, dass es ihm wichtig ist.

„Ich wurde von Dimitri auf dich angesetzt. Es ist mein Job, Frauen zu verführen. Das mache ich schon seit meiner Jugend, für ihn. Sein Bordell. Viele meiner Eroberungen sind heute für ihn tätig. Und am Anfang war es auch bei dir so, doch auf La Gomera hat sich alles verändert. Ich habe mich in dich verliebt." Sie sieht ihn an und glaubt ihm. „Ja, ich wollte auch, dass du bei mir bleibst. Ich habe Dimitri sogar Geld für dich geboten. Habe ihn angebettelt. Wir hätten wirklich gut zusammengepasst. Aber du kennst ihn nicht. Wie mächtig er ist. Ich hatte keine Chance. Ich musste dich gehen lassen, sonst hätte er mich getötet. Joy, bitte, ich will, dass du die Wahrheit kennst. Ich will, dass du weißt, dass ich dir nicht mit Absicht so wehgetan habe."

Joy denkt an die Worte und Erklärungen von Dimitri auf der Jacht. Und sie weiß, dass es wahr ist. Jetzt fügt sich alles zusammen. Sie lehnt ihren Kopf an Marios Bauch. Umarmt ihn. Eine Weile stehen sie so da. Er legt seinen Kopf auf ihren. „Danke, dass du mich gerettet hast", sagt sie plötzlich. „Doch bring mich jetzt bitte nach Hause, bevor ich schwach werde."

Er hebt ihr Kinn. „Und wenn es so wäre?", fragt er zärtlich.

„Dann könnte ich Dimitri nicht mehr in die Augen sehen. Tut mir leid", sagt sie bedauernd.

„Was für ein Glück er hat. Hoffentlich ist er deiner wert." Er küsst ihre Stirn. „Freunde für immer. Egal wann und wie du mich brauchst", flüstert er.

Joy nickt. „Freunde."

Sie fahren zur Finca. Joy lehnt ihren Kopf an seinen Rücken. Sie fühlt sich erleichtert. Der Schmerz ihm gegenüber ist verflogen. Sie lächelt selig. Dimitri hört das Motorrad auf den Hof fahren und wundert sich. Geht zur Tür. Sieht Joy absteigen. Es brodelt in ihm. Mario fährt weiter. Joy sieht es Dimitri an.

„Nein", sagt sie ernst und nimmt ihm den Wind aus den Segeln. „Er hat mich gerettet. Beschützt." Sie nimmt Dimitri an die Hand und setzt sich mit ihm auf das Sofa in der Wohnküche. Erzählt.

„Ich danke ihm nächstes Mal", sagt Dimitri beruhigt. „Du siehst heiß aus", bemerkt er und fummelt an ihrer Korsage. „Wie wäre es mit einem Ritt, Cowboy?", haucht sie. Dimitri zieht seine Hose runter und Joy setzt sich auf ihn. Während sie ihn wild reitet, löst er ihr Korsett. Genießt ihren Körper. Die ganze Küche wird ausgenutzt. Erschöpft liegen sie letztendlich auf der Couch.

Hannah und Kosima fahren in Begleitung vor. Gehen mit ihren Eroberungen in den Pool. Dimitri und Joy gehen in Joys Zimmer und sehen eine Weile zu und dann ins Bett und schlafen eng umschlungen ein.

Am nächsten Nachmittag fährt Dimitri Joy zu Mario. Das Filmteam ist da. Dimitri gibt Mario zum Dank die Hand. Doch bevor er geht, fragt er ihn: „Woher wusstest du eigentlich, wo sie waren?"

„Kosima", antwortet Mario.

Jetzt wird ihm einiges klar. Er verabschiedet sich mit einem Kuss von Joy. „Ich hole dich nachher ab", beschließt er. Fährt zur Finca.

Mario und Joy besprechen den Ablauf mit dem Team. Joy möchte von Chacha und den Welpen erzählen. Sachlich, aber auch emotional berichtet sie über das Auffinden und den Überlebenskampf des Tieres. Weist auf Möglichkeiten hin, wo und wie man Hilfe bekommt, ohne einem Tier solche Qual aufzuerlegen. Sie in Pflege oder Institutionen zu geben und nicht wie Müll wegzuschmeißen. Und sie vor allem zu kastrieren. Dafür gibt es immer wieder kostenlose Aktionen. Dass ein Tier wie ein Kind ist. Mit Gefühlen. Nahrung und Führung benötigt. Und dass Tiere einem Trost und Kraft in schweren Zeiten geben können. „Jedes Lebewesen wurde geschaffen, um seine Aufgabe zu erfüllen", endet sie. Joy füttert noch die Welpen und lächelt zum Schluss in die Kamera. Schnitt. Alle sind von Joy begeistert. Mario geht mit dem Team über den Hof. Er möchte nächstes Mal vom Leid der Windhunde erzählen. Joy ist ihnen gefolgt und hört zu. Vom Schicksal dieser völlig unnötig gezüchteten Hunde hat sie schon gehört. Nur zum Zweck, schnelles Geld auf der

Rennbahn zu verdienen, genau wie Pferde. Um bei Leistungsabfall oder Krankheit dann auf Übelste entsorgt zu werden. Wenn Mario Glück hat, kann er noch einige retten. Die es zu ihm schaffen, sind mehr tot als lebendig. Mario und Joy sprechen eine Zuchtkontrolle an. Ein Limit sollte gesetzlich verankert werden. Das betrifft alle Tiere. Die beiden sind voller Energie. Steigern sich richtig rein. Mario und Joy setzen sich nebeneinander und füttern gemeinsam neu angekommene Welpen. Immer lachend und mit Augenkontakt. Sie sehen sehr verbunden miteinander aus. Das Video geht auch gleich online. Kein Wunder, dass alle User denken, sie wären ein Paar.

Dimitri verfolgt auch das Portal und auch er sieht die Magie zwischen den beiden. Er muss Gewissheit haben. In seinem Büro fragt er Joy, ob sie Mario noch liebt. „Keine Sorge", sagt sie sanft. „Ich stell das klar." Er will sie küssen, doch Joy reißt sich los. „Komm jetzt", verlangt sie, „geh mit mir Ringe kaufen." Sie zieht an seiner Hand. „Noch nicht verheiratet und schon die Hosen an", lacht Dimitri. Er klatscht ihr auf den Po. „Jawohl, Boss, zu Befehl", scherzt er lachend und lässt sich zum Auto ziehen. Hand in Hand fahren sie in die Stadt.

Beim Juwelier suchen sie sich Platinringe aus. Dimitris ist breit und schlicht. Joys bekommt einen eingefassten Diamanten und Brillanten drum herum. Er funkelt und glitzert. Spiegelt sich in ihren Augen.

In einem Restaurant kehren sie ein. Genießen traditionelle Fischsuppe und Weißwein. Plötzlich wird Joy angesprochen. Ein Flyer des Tierasyls vorgehalten, über die Videos ausgefragt und wie sich das mit den Spenden verhält. Mehrere Gäste kommen dazu. Joy erklärt alles geduldig und kann sie alle überzeugen zu helfen. Mit einem Lächeln bedankt sie sich. Die Gäste gehen zurück zu ihren Plätzen. Joy setzt sich auch wieder hin.

„Entschuldige bitte", sagt sie zu Dimitri.

„Da gibt es nichts zu entschuldigen", sagt er und küsst ihre Hand. „Ich bin wahnsinnig stolz auf dich." Joy lächelt ihn verliebt an.

Die Gäste, die eben noch nett und höflich waren, fangen an zu tuscheln. „Fremdgeherin" und andere nicht schmeichelhafte Worte sind zu hören. Joy ist entsetzt. Doch sie weiß warum.

„Das klär ich jetzt", sagt sie schroff und zieht Dimitri mit sich. Sie fahren zum Tierasyl. Dort setzt sie sich mit Mario zu den Hunden. Dimitri filmt. „Hallo, hier sind Mario und Joy", beginnt sie. „Wie ich in den sozialen Medien lesen kann, glaubt man, Mario und ich wären ein Paar. Leider muss ich euch enttäuschen. Ich heirate in den nächsten Tagen einen wunderbaren Mann. Sie wirft Dimitri einen Luftkuss zu. Und Mario ist noch Single", erklärt sie weiter. „Also, Mädels und Jungs, versucht euer Glück." Sie stupst Mario lächelnd mit ihrer Schulter an. „Mario und ich sind Freunde", ergänzt sie. „Uns verbindet die Tierliebe. Und unsere Aufgabe ist es, euch zu überzeugen, dass wir alle zusammen die Welt schöner machen können." Sie nimmt Marios Hand und hält sie in die Höhe. „Zusammen sind wir stark. Tschau, Mario und Joy." Sie lächeln zusammen in die Kamera.

Dimitri stellt es online. Er ist zufrieden. Joy bringt Dimitri zum Auto. Sie will noch bleiben und den nächsten Dreh besprechen. Dimitri nickt, doch dann küsst er sie, als würde er sie überreden wollen mitzukommen. Und fast hätte er es geschafft. In ihr tobt ein Gefühlschaos. Sie reißt sich los. „Ich hol dich nachher ab", sagt er flüsternd und so zärtlich, dass sie zweifelt zu bleiben. Doch sie will ja auch etwas bewirken. Für die Tiere da sein. Sie kann nicht jedes Mal abbrechen. „Bis nachher", haucht sie.

Dimitri fährt zur Finca. Im Büro sitzt er am Schreibtisch, doch er kann sich nicht konzentrieren. Sieht sich Joys Aufnahme an. Sie hat eine unglaubliche Präsenz. Er telefoniert mit einem Werbebüro. Schickt dem Chef Joys Aufnahmen. Und der ist sofort von ihr begeistert. „Eine Touristin auf Urlaub, Sightseeing, Spaß am Leben" und noch viele andere Ideen stellt er sich mit Joy vor. Die Männer verabreden sich und erstellen einen Probevertrag. „Bitte, umgehend", fordert Dimitri. „Ich möchte ihn ihr zur Hochzeit schenken", bittet er den Inhaber der Werbefirma. Dimitri ist zufrieden. Er fährt die Straßen entlang. Sieht in einem Schaufenster ein Kleid. Er hält an. Steigt aus und steht vor dem Schaufenster. Er stellt sich Joy in dem Kleid vor. Er geht hinein. Lässt sich mit dazu passenden Accessoires beraten. Die Verkäuferin stellt alles zusammen. Auch die passende Unterwäsche und Pumps. Packt die Sachen in eine große weiße Schachtel mit einer roten Schleife darauf. Dimitri ruft im teuersten Hotel an. Bestellt die Royal Suite und einen Tisch. Erklärt sein Vorhaben. In einem Blumengeschäft bestellt er vier Blumenbuketts und eine einzelne Rose. Lässt alles zum Hotel liefern. Dann fährt er zum Juwelier. Sucht einen zierlichen silbernen Ring aus. Obenauf ein Rubin, eingefasst in einer Diamantenrosette. Alles vorbereitet, fährt er zu Joy. Die springt ihm auf die Hüfte und küsst ihn.

„Alles fertig?", fragt Dimitri.

„Ja", antwortet Joy glücklich, „es war wunderbar." Dann verabschiedet sie sich mit einem Winken. Während der Fahrt liegt sie in Dimitris Arm und erzählt von dem nächsten Video. Sie denkt an die nächsten Aufnahmen und merkt nicht, dass sie einen anderen Weg nehmen. Erst als sie vor dem Fünfsternehotel anhalten, wird sie aufmerksam. Sieht Dimitri verwundert an. An sich runter. Sie ist völlig beschmutzt und riecht nach Tierasyl. Sie schämt sich und rutscht den Sitz runter. Dimitri lacht. Steigt aus und holt die Schachtel aus dem Kofferraum. Gibt sie ihr. Joy guckt ihn mit großen Augen an. Die Pagen am Eingang öffnen Joy die Autotür. Nehmen ihr die Schachtel ab und helfen beim Aussteigen. Joy fühlt sich wie eine Berühmtheit. Dimitri hat immer einen gepackten Koffer im Auto. Auch dieser wird vom Pagen getragen. Ein anderer fährt das Auto in die Garage. Joy klammert sich an Dimitris Arm fest. Goldene Säulen tragen das Vordach des Hotels. Ein riesiger Eingangsbereich. An den Wänden hängen metergroße Wandgemälde in goldenen Rahmen. Mahagonitischchen mit Broschüren und Blumen. Teppichläufer auf weißem Granitboden. Der Concierge begrüßt zuerst Joy mit einem Handkuss und Dimitri mit einer Verbeugung. Dann führt er die beiden zum Fahrstuhl. Öffnet in der oberen Etage die Royal Suite. Joy bleibt vor Staunen der Mund offen stehen. Sie geht zaghaft in den Raum. Rechts ein riesiger Wandkamin.

Davor eine schwarze Couch. Links ein Himmelbett aus Ebenholz. Weißer Himmel und Stores. Mit traditionell gemustertem Bettzeug. Überwurf und Kissen. Links davon ein Bad. Im Whirlpool ist schon Wasser eingelassen. Sanftes Sprudeln lässt Schaum entstehen. Dann geht Joy über den sandfarbenen Teppich zum Balkon. So weit sie sehen kann Sonne, Sandstrand und Meer. Dimitri versichert sich, ob alle Vorbereitungen getroffen sind. Zufrieden geht er zu Joy. Der Concierge schließt ohne ein Laut die Tür hinter sich. Auf dem Balkon nimmt Dimitri Joy von hinten in den Arm. Küsst ihren Hals. Joy fühlt seine Liebe. Schon vorhin konnte sie sich kaum erwehren. Jetzt schon gar nicht. Sie dreht sich um und küsst ihn heftig. Im Zimmer streifen sie ihre Kleidung ab. Dimitri trägt Joy in den Whirlpool. Sie liebkosen sich in Ekstase. Joy reitet ihn wild. Sie ist außer Rand und Band. Streckt sich. Seufzt und stöhnt. Das Wasser schwappt über. Dimitri hält sie fest. Geht mit ihr abgetrocknet aufs Bett. Lässt seiner Erfahrung freien Lauf. Dimitri nimmt sie überall. Auf dem Bett, Sofa, vor dem Kamin und auf dem Boden. Joy muss sich auf die Hand beißen, um nicht laut zu schreien. Am Ende liegen sie schnaufend aneinandergeschmiegt auf dem Boden. Nach einer Erholungspause gehen sie noch mal baden. Machen sich frisch. Im Bademantel setzt sich Joy auf das Bett. Öffnet die Schachtel. Ein weißes Sommerkleid im Flamenco-Stil und blumigem Muster. Dazu ein weißes Spitzen BH-String-Set. Es bedeckt kaum etwas. Weiße Pumps. Joy zieht alles an. Es passt wie angegossen. Dimitri hat sich auch schon eine schwarze Hose und ein hellgraues Hemd angezogen. Es klopft. Der Barbier und die Friseurin des Hauses sind da. Der Barbier kümmert sich um Dimitri und die Friseurin stylt Joy die Haare. Eine zarte Steckfrisur und dezentes Make-up. Gerade so, dass Joys Gesicht und Augen leuchten. Dimitri segnet es ab. Er will sie perfekt. Dann legt er ihr Perlenschmuck an. Und auch er sieht grandios aus. Mit einer Unterschrift auf der Rechnung und einem selbstverständlich großzügigen Trinkgeld verabschiedet er die zwei. Wirft sich sein Sakko über und hält Joy galant den Arm hin. Sie fühlt sich wie im Märchen. Sie fahren auf die Restaurantebene. Kaum dass

sie das Restaurant betreten haben, kommt auch schon der Ober-
kellner und führt sie zu einem Separee. Alle Gäste tuscheln und
staunen. Und Joy bleibt das Herz stehen. Um den Tisch vier große Blumenbuketts und in der Mitte eine rote Rose. Sie ahnt, was
jetzt kommt. Dimitri setzt sie in die Mitte der Sitzbank. Sie sieht
aus wie ein Gemälde. Selbstverständlich hat er einen Fotografen
postiert, der alles in Foto und Film festhalten soll. Dimitri steht
vor dem Tisch. Eine Fußbank wird gebracht und vor ihn hinge-
stellt. Jetzt wissen alle im Saal, was passieren wird. Es ist ganz
leise. Dimitri gibt dem Pianisten ein Zeichen. Das Lied „Love
Story" erklingt. Dimitri sieht Joy in die Augen. Ihr Herz klopft
so heftig, dass sie glaubt, man könnte es sehen. Er nimmt eine
kleine Schachtel aus der Anzugsjacke. Ein Raunen geht durch
den Saal. Dann ist wieder alles still.

„Joy",

beginnt er zu sagen,

„du bist in mein Leben getreten
und Liebe hat mich überrannt,
Weglaufen zwecklos,
du fängst mich mit deinen Augen,
deinem Strahlen.
Du bist alles, was ich mir je erträumt habe.
Du wolltest mir eine Sternschnuppe für
einen Wunsch überlassen.
Mein Wunsch ist schon in
Erfüllung gegangen:
Mein Wunsch bist du!"

Er kniet nieder.

„Joy, ich liebe dich über alles.
Werde bitte meine Frau!"

Er öffnet die Schatulle. Hält ihr den Ring hin. Joy laufen die Tränen übers Gesicht.
„Ja!", schreit sie fast.
Er geht zu ihr. Sie steht auf und er steckt ihr den Ring an.
„Ich liebe dich", flüstert er und küsst sie lange und zärtlich. Der ganze Saal applaudiert. Die Männer geben ihren Frauen ihre Taschentücher. Eine nach der anderen verlässt den Saal, um sich im Bad wieder frisch zu machen. Dimitri wischt Joy sanft ihre Tränen von der Wange. Dann setzen sie sich. Der Sommelier bringt eine Flasche des teuersten Champagners. „Unsere herzlichste Gratulation. Eine Aufmerksamkeit des Hauses", beteuert er, öffnet die Flasche und schenkt den beiden ein. Stellt die Flasche in den Kühler und geht. Dimitri und Joy stoßen an. Wenn es nach Joy geht, könnte das Essen ausfallen. Ihre Gefühle sind in Aufruhr. Sie ist heiß. Er liest es in ihren Augen.
„Noch nicht", sagt er leise. Küsst ihre Hand mit dem Ring. Die Vorspeise wird serviert. Der teuerste Kaviar, mit Kräcker und Creme. Dimitri füttert sie. Wischt ihr Reste mit dem Finger von der Lippe. Ihre Zunge spielt mit seinem Finger. Er lächelt. „Nein", flüstert er. Joy versucht, ihn mit ihrer Hand zu überzeugen. Streicht ihm über den Schritt. Doch er bleibt standhaft. Austern werden serviert. Dimitri öffnet sie. Würzt das Fleisch mit Chili und Zitronensaft. Schiebt es ihr in den Mund. Joy sieht ihn voller Verlangen an. Fleht ihn mit ihrem Blick an. Es knistert vor Spannung und Erotik. „Bitte", haucht sie. Ihre Augen glänzen. Ihr Gesicht ist rot. Dimitri lässt das Essen aufs Zimmer liefern. Aber erst in zwei Stunden. Er führt Joy an seinem Arm zum Fahrstuhl. Kaum dass sich die Tür geschlossen hat, drückt Joy ihn an die Wand. Hebt ein Bein auf seine Hüf-

te und küsst ihn wild. Er weiß, was sie will. Seine Hand gleitet unter ihren Rock und String. Und Joy dreht durch. Schnauft. Keucht. Die Fahrstuhlglocke ertönt. Sie sind auf ihrer Etage. Schnell öffnet er die Tür zur Suite. Joy springt auf seine Hüfte. Küsst ihn wie verrückt. Jetzt toben sie wild durchs Zimmer. Und dieses Mal ist es Joy egal, ob sie gehört wird. Vor dem flackernden Licht des Kamins spielt er mit ihr. Fesselt ihre Hände auf den Rücken. Genießt sie. Joy bettelt um Erlösung. Gegenseitig bringen sie sich in der 69er-Stellung zum Orgasmus. Erschöpft trägt er sie ins Bett. Legt sie in seinen Arm. „Ich freue mich auf ein Leben mit dir", sagt er zärtlich. „Keine Tabus. Keine Geheimnisse. Unsere eigene Familie gründen", sagt er träumerisch. Und Joy verkrampft.

Das Wort Geheimnis hat etwas in ihr wachgerufen. Etwas, das sie verdrängt hat. Sie setzt sich auf. Fängt heftig an zu zittern. Er merkt, dass was nicht stimmt, doch bevor er fragen kann, geht sie zum Kamin und sieht verloren hinein. Zittert immer mehr. Knetet kräftig ihre Hände. Jetzt weiß er, dass sie etwas Schwerwiegendes plagt. Das macht sie nur, wenn sie völlig verunsichert oder verzweifelt ist.

Dimitri kniet sich vor sie. Sieht ihre feuchten Augen. „Was ist los?", fragt er sanft.

„Ich habe dich nicht verdient", sagt sie leise. „Ich habe ein Geheimnis. Dachte, ich könnte es vergessen, weil ich auch nicht weiß, ob es wahr ist. Ich werde es dir sagen und wenn du mich dann nicht mehr willst, verstehe ich das."

Er sieht sie verunsichert an. „Was ist es?"

„Ich glaube, ich habe ein Kind", sagt sie zaghaft.

Er sieht sie geschockt an. „Du glaubst?", fragt er. „Wo ist es?"

Und Joy strömen Tränen übers Gesicht. „Ich weiß es nicht. Nicht wo und was es ist. Und ob es lebt. Ich war erst 13. Es muss zur Adoption freigegeben worden sein. Ich habe es nie gesehen. Vielleicht lebt es auch gar nicht mehr", schluchzt sie verzweifelt.

Dimitri drückt ihre Hände. „Was ist mit dem Vater?", fragt er. „Weiß der vielleicht etwas?"

Joy schüttelt den Kopf.

„Es ist nicht in Liebe entstanden?", fragt er vorsichtig.
Joy schüttelt erneut den Kopf. Schluchzt laut.
Er nimmt sie in den Arm. „Das tut mir so leid", sagt er, ihren
Kopf streichelnd. Dann sieht er sie an. Streicht ihre Haare und
Tränen aus dem Gesicht. „Joy, ich gebe dich nicht mehr her",
sagt er zärtlich. „Nichts kann uns trennen. Du gehörst zu mir.
Und auch dein Kind. Ich suche es für dich", verspricht er. „Auch
wenn es schon im Himmel ist, ich finde es. Ich brauche nur alles, was du weißt. Aber erst morgen. Jetzt ruhen wir erst mal",
bestimmt er und trägt sie ins Bett. Küsst und streichelt sie in
den Schlaf. Sieht ihr beim Schlafen zu. „Was hat diese wunderbare Frau schon alles ertragen", denkt er. „Und ich habe es noch
schlimmer gemacht." Er denkt an den Zwang. Die Versteigerun-
gen. Jetzt schämt er sich. „Joy, ich verspreche dir, nie wieder
eine Frau so schlecht zu behandeln. Ich werde alles in meiner
Macht Stehende tun, um dich glücklich zu machen. Wir werden
eine Familie sein. Und egal, was mit deinem Kind ist, es gehört
zu uns. Ich finde es", erneuert er sein Versprechen. Streicht ihr
sanft über die Wange. Joy seufzt.

Er geht auf den Balkon zum Telefonieren. Informiert seine
Anwältin für Familienrecht. Sie wird morgen alles erfahren, was
Joy noch weiß. Doch sie kann schon mal Detektive auf Joys Eltern ansetzen. Denn die müssen ja schließlich etwas wissen.
Dimitri ist innerlich aufgewühlt. Eigentlich ahnt er schon, was
sich abgespielt hat. Doch er hofft noch auf die pubertäre Alter-
native. Sieht sich den Sternenhimmel an. Er hört sie seufzen.
Ihre Seele entlädt sich. Er geht zu ihr und nimmt sie fest in seinen Arm. Gibt ihr Halt und Sicherheit. Jetzt schläft sie ruhiger.

Am nächsten Morgen sitzen sie zum Frühstücken auf dem
Balkon. Joy ist verändert. Ruhig und in sich gekehrt. Sie fürchtet das Gespräch. Sie hat es so viele Jahre verdrängt. Doch es
muss sein. Dimitri fordert sie auf zu erzählen.

„Ich weiß noch", beginnt sie zögerlich, „wie der Mann öfter
zu uns kam. Ich dachte immer, es wäre ein Onkel auf Besuch.
Ging mit mir in Zoos und Kino." Und Joy knetet ihre Hände.
„Ich vertraute ihm. Eines Abends waren wir alleine. Sahen uns

Filme an. Er spielte mit mir gesehene Szenen nach." Joy zittert. Sie sieht es wieder vor sich. Ihr Magen verkrampft sich. Sie sieht über den Balkon, als würde sie einen Weg suchen wegzulaufen. „Joy", sagt Dimitri leise. Und er braucht nichts weiter zu sagen. Sie weiß, dass sie weitererzählen muss. „Dann gab er mir etwas zu trinken", fährt sie fort. Ihre Stimme wird schwer. Dimitri läuft es eiskalt den Rücken runter. Er würde sie gern erlösen, doch er muss alles wissen. Der Seelenstein muss rollen, nur dann ist sie frei. „Als ich aufwachte", erzählt sie weiter, „blutete ich und hatte Schmerzen. Doch zum Arzt müsste ich nicht, das wäre normal, sagten meine Eltern. Ich hatte ja auch schon ein paar Mal meine Regel. Wochen später sah man meinen Bauch wachsen. Mir wurde größere Kleidung gekauft. Babyspeck, Pubertät sagte man, als Nachbarn fragten. Doch als es nicht mehr zu übersehen war, wurde ich im Zimmer eingesperrt. Wie sie es mit der Schule machten, weiß ich nicht mehr. Kurz nach meinem 13. Geburtstag, zu Halloween, wurde mir ein Bettlaken übergeworfen. Als Geist verkleidet in ein Haus gebracht. In einem Raum wachte ich auf. Er war weiß und nichts stand darin. Ich dachte, es wäre ein Krankenhaus. Der Bauch war fast weg. Ein Tumor, wurde mir gesagt. Und ich glaubte es. Jahre später war mir klar, was da gelaufen war. Der Mann kam nicht wieder."

Dimitri ist fassungslos. Er selbst hat schon einiges getan und erlebt, aber das haut sogar ihn um. Er nimmt Joy an die Hand und zieht sie auf seinen Schoß. „Es tut mir so leid", sagt er und drückt sie fest an sich. Küsst ihr Gesicht. Sanft und zärtlich. „Danke, dass du es mir erzählt hast. Das bedeutet, dass du mir vertraust. Die Basis für eine gute Ehe und Familie. Die werden wir zwei gründen. Mit aller Liebe", verspricht er ihr und küsst sie lange und liebevoll.

Joy beruhigt sich. Sie fühlt sich sicher und ist froh, endlich ihr Geheimnis offenbart zu haben. Gemeinsam blicken sie auf das Meer. Lassen sich von der Morgensonne wärmen. An Sex ist jetzt gar nicht zu denken. Das wäre mehr als geschmacklos. Sie frühstücken zu Ende, dann fahren sie zurück zur Finca. Joy hat sein Kleid an. Er hat genau ihren Geschmack getroffen. Wäh-

rend der Fahrt hält er die ganze Zeit ihre Hand. Beschützt sie.
Joy denkt an den vergangenen Abend. An den schönsten Antrag, den sich eine Frau wünschen kann. Wie viel Mühe er sich
gemacht hat. Sie sieht ihren Ring an. Auch beim Schmuck hat
er ihren Geschmack getroffen. Joy lächelt. Dieser Mann ist für
sie bestimmt. Ganz sicher.

Auf der Finca angekommen, muss Dimitri noch arbeiten und
Joy zieht sich um. Sie wird vom Filmteam und Mario erwartet.
Während Joy dreht, gibt Dimitri der Anwältin alle wichtigen
Informationen, die er erfahren hat. Und er setzt alle Kontakte
in Bewegung, um die Wahrheit zu erfahren. Vom Untergrund
bis zu den obersten Behörden. Irgendjemand muss was wissen.
Beim Halloween-Datum setzt er an. Auch mit seinem vertrau-
ten Arzt hält er Rücksprache. Holt sich Verhaltensregeln. Wor-
auf er achten soll. Anzeichen, dass Joy vielleicht Hilfe braucht.
Er macht sich Sorgen. Doch er ist auch wütend und würde die
Eltern am liebsten selbst zur Rede stellen. Joy dreht mit Mario über Pferde, die er retten konnte. Sie sehen furchtbar aus.
Geschunden, abgemagert und gequält. Joy packt die Wut. Ihre
Gefühle explodieren. Sie ruft zum Parlament. Gesetze müssen verabschiedet werden. Härtere Strafen. Fordert die Züchter auf, diese unnötige Quälerei und Überzüchtung zu stoppen.
Nur um ein rennbahntaugliches Tier zu produzieren, müssen
zig Tiere sterben. Und dann wird dieses Rennpferd auch noch
gedopt und bis zum letzten Atemzug ausgenutzt. Bis es wert-
los entsorgt wird. Sie kriegt sich nicht mehr ein. Entwirft einen
Schlachtruf. „Nieder mit den Qualverdienern. Stoppt die Züchter." Das Team stellt es online. Joy ist sich sicher, das Richtige
getan zu haben, und fährt lächelnd zur Finca. Geht in Dimitris
Büro. Doch sie bleibt abrupt, stehen als sie ihn sieht. Er sitzt auf
seinem Sessel und hat die Hände gefaltet. Sein Blick ist kalt. Er
hat die Aufnahmen gesehen.

„Was ist?", fragt sie vorsichtig.

„Einige meiner besten Kunden sind Züchter", sagt er ernst.

Joy weiß jetzt, dass er richtig sauer ist. Sie knetet ihre Hände, doch dann fasst sie sich ein Herz. „Du hättest die Pferde se-

hen müssen!", sagt sie immer lauter werdend. „Eine Schande ist das, was da gemacht wird. Das kannst du doch nicht gutheißen." Und jetzt explodiert sie. Überschlägt sich fast beim Erläutern. Dimitri lässt sie gewähren. Er weiß, dass es nicht nur um die Tiere geht. Ihre aufgestauten Gefühle der Vergangenheit müssen sich entladen. Joy steht zitternd und mit Tränen in den Augen vor ihm. „Komm mal her", sagt er streng. Zieht sie auf seinen Schoß. Streicht ihr Haar aus dem Gesicht. „Ich weiß das doch alles, aber ich muss auch an mein Geschäft denken", erklärt er. „Mit brachialer emotionaler Gewalt erreicht man nichts. Nur Diplomatie kann zu einem gesunden Ergebnis führen. Joy, das war nicht sehr gut für mich. Jetzt muss ich sie alle irgendwie wieder beruhigen. Komm das nächste Mal bitte vorher zu mir und frag mich, ok? Du könntest wirklich schweren Schaden anrichten. Das Internet verzeiht und vergisst nichts." Joy schämt sich. Er hat recht. „Pack den Picknickkorb und leg eine Decke dazu. Wir schlafen unter den Sternen", bestimmt er ernst. Kein Kuss. Kein Lächeln. Sie geht und tut, was er gesagt hat.

Kurze Zeit später kommt er dazu und kontrolliert alles. Trägt die Sachen schweigend zum Auto. Fährt mit ihr und ohne sie anzusehen, zu einem Strandhaus. Joy ist verzweifelt. Sie weiß nicht, was sie sagen oder tun soll. Sie schweigt. Beim Strandhaus angekommen, nimmt er die Sachen und bringt sie auf einen Steg. Legt die Decke aus und stellt den Korb darauf. Dann setzt er sich und sieht auf das Meer. Wirkt gedankenverloren. Joy sieht ihn an. Dann entdeckt sie, dass er alles vorbereitet hat. Das Strandhaus ist dezent beleuchtet. Fackeln weisen den Weg zum Steg. Es sollte ein romantischer Abend werden, und sie hat es kaputt gemacht.

Mit gesenktem Kopf geht sie zu ihm. Kniet sich vor ihn. „Bitte entschuldige", sagt sie leise. „Es tut mir wirklich leid. Ich habe dich enttäuscht."

Er sieht sie an. „Nie wieder so kopflos emotional", sagt er streng. Joy nickt. „Nie wieder, ich verspreche es", sagt sie leise. Er steht mit ihr auf. Streicht ihre Haare aus dem Gesicht. Sieht ihr in die Augen. „Bestrafe mich", sagt sie und legt seine Hände auf ihren Po. „Bitte bestrafe mich", wiederholt sie, „ich habe es verdient." Er sieht sie verwundert an. Sie hält sich an seinen Schultern fest. Und er haut einmal kräftig auf ihren Po. Sie zuckt. Verzieht ihr Gesicht. Er beobachtet sie. „Noch mal", fordert sie schnaufend. Er tut es und beide erregt es. „Du machst mich wahnsinnig", schnauft er und greift in ihre Haare. Dann küsst er sie wild. Trägt sie ins Haus. Die Treppe hoch ins Schlafzimmer. Reißt ihr und sich die Kleider vom Leib. Und jetzt ist er nicht mehr zu halten. Joy erlebt eine Nacht wilder Leidenschaft. Mehrmals lässt er sie kommen. Und sie genießt seine sexuelle Gier. Gibt sich ihm hin. Und da sie keiner hören kann, schreit sie ihre Gefühle heraus.

Am Ende liegen sie schwer atmend auf dem Boden. „Ich liebe dich", sagt sie, während sie zärtlich seine Brust streichelt. Er streicht über ihren Kopf. „Ich verspreche dir, dich nie wieder zu enttäuschen. Ab jetzt lege ich dir alles vor, bevor ich es online stelle", sagt sie sanft. „In Ordnung", bestätigt er. Sie legen sich ins Bett. Schlafen ein.

Am nächsten Morgen wird sie wach. Er ist nicht da. Sie geht zum Fenster. Sieht, wie er ins Wasser springt. Sie rennt die Treppe runter und springt hinterher. Vor ihm taucht sie auf. Hält sich an seinem Hals fest. Sie holt tief Luft und er versteht. Tut es ihr gleich. Noch einmal tanzen sie in der Schwerelosigkeit des Meeres. Alles um sie herum ist vergessen. Minuten später tauchen sie wieder auf. Alles ist vergeben und vergessen. Seine Augen sind pure Liebe. Sie schwimmen noch eine Weile. Dann setzen sie sich auf den Steg und machen sich über den Inhalt des Picknickkorbes her. Sie schmieden Pläne. Reisen. Dimitri erzählt von seinen. Joy hört gespannt zu. Und sie saugt es auf. Sie selbst war noch nirgendwo. Bis zum jetzigen Flug, direkt zu ihm. Sie planen eine Hochzeitsreise. Sonne, Sand und Meer haben sie schon. Eine Skitour in den Alpen kommt in die nähere Auswahl. Nach dem Frühstück räumen sie alles ein. Gehen ins Haus. Duschen und ziehen sich an. Danach guckt Joy sich zum ersten Mal bewusst im Haus um. Es ist so gut wie nichts im Haus. „Ziemlich traurig und spartanisch eingerichtet", be-

merkt sie beim Rausgehen. „Hier fehlt die Hand einer Frau."
Sie stehen vor dem geschlossenen Haus. „Ganz genau", sagt Di-
mitri, nimmt ihre Hand und legt den Haustürschlüssel hinein.
Joy sieht ihn fragend an. „Ich habe es gekauft", sagt er. „Für un-
sere Familie." Joy sieht ihn ungläubig an. Dann springt sie auf
seine Hüfte und umklammert ihn. Küsst ihn wild vor Freude.
Nachdem sie sich beruhigt hat, steht sie vor der Tür. Dreht den
Schlüssel um. Und er trägt sie wie eine Braut über die Schwelle.
Jetzt ist sie nicht mehr zu halten. Sie rennt von Raum zu Raum.
Dimitri folgt ihr lachend. „Richte es so ein, dass wir hier
glücklich werden", sagt er.
„Nein", antwortet sie. „Wir richten es ein. Nie wieder ein Al-
leingang."
„In Ordnung", stimmt er zu. „Aber wehe, du verlangst von
mir, Geschirr und Töpfe auszusuchen", scherzt er.
Joy springt noch mal auf seine Hüfte. „Ich liebe dich wie
verrückt", schreit sie und er dreht sich mit ihr, als sie sich nach
hinten fallen lässt. Er würde gern noch mit ihr bleiben, doch sie
haben keine Zeit. Es sind noch Vorbereitungen für die Hochzeit zu treffen.
Zurück auf der Finca, geht Dimitri ins Büro und Joy zu Kosima. „Hilfst du mir bitte?", fragt sie Kosima. „Ich möchte die
Züchter zu einem geselligen Abend einladen. Du kennst sie
doch bestimmt. Und auch Mädchen und Jungs zum Entspannen." Dann erklärt sie Kosima, worum es geht. Kosima stimmt
zu und organisiert alles.
Joy lenkt Dimitri ab. Fährt mit ihm zum Möbelkauf in die
Stadt. Abends kommen sie wieder. Dimitri wundert sich. Der
Hof ist voller Gäste. Alles Großunternehmer. Ein Cateringser-
vice geht durch die Menge und bedient. Joy lächelt ihn an. Bevor er etwas sagen kann, ergreift sie das Wort.
„Vielen Dank, dass Sie alle so zahlreich erschienen sind. Ich
habe Sie, euch hergebeten, um mich bei Ihnen, euch zu entschuldigen. Ich habe mich während meiner Dreharbeiten vom
Leid der Tiere so hinreißen lassen, dass ich nicht an mögliche
Konsequenzen gedacht habe. Dimitri hat mich eines Besseren

belehrt. Dass man nur mit Diplomatie und Gesprächen zu vernünftigen Ergebnissen kommt. Deswegen möchte ich Sie, euch bitten, mir zu verzeihen und mit mir Lösungen zu besprechen. Mir liegt das Tierwohl sehr am Herzen. Selbstverständlich werde ich ein neues Video mit Aufklärung und Entschuldigung online stellen." Sie hebt das Glas und prostet der Gesellschaft zu. Die Gäste tun es ihr gleich.

Dimitri hält ihre Hand und küsst sie. Man sieht ihm an, wie stolz er auf sie ist. „Ich werde dich nie wieder enttäuschen", sagt sie ihm in die Augen sehend. Er führt sie von einem Gast zum nächsten. Übersetzt bei Bedarf. Bei jedem entschuldigt sich Joy und kommt ins Gespräch. Viele Züchter behaupten, nichts vom Leid der Tiere zu wissen. Möchten aber Änderungen vornehmen. Der Abend nimmt seinen Lauf. Zwei Unternehmer bekunden ihr Interesse an Joy. Und Dimitri stimmt zu. Joy lässt sie alle ihre Wünsche umsetzen. Zufrieden verlassen die Gäste das Fest. Sie geht duschen und legt sich in ihr Bett. Ruht eine Weile. Dimitri weckt sie mit einer Rose an ihren Lippen. Joy lächelt. Setzt sich auf. Er hat ihr Frühstück ans Bett gebracht.

„Womit habe ich das denn verdient?", fragt sie lächelnd.

„Was du gestern getan hast", sagt er, „war so erwachsen und geschäftlich. Ich bin wahnsinnig stolz auf dich. Alle haben mir zu so einer wunderschönen Braut gratuliert. Du hast sie alle verzaubert."

Joy nimmt die Rose. Zupft ein Blatt nach dem anderen ab. „Er liebt mich, er liebt mich nicht. Er li." Weiter kommt sie nicht. Er legt sich auf sie und küsst sie wild. „Liebt dich, unendlich", haucht er. Hemmungsloser Morgensex folgt. Schnaufend liegt er auf ihr. „Wenn ich nicht arbeiten müsste, würde ich dich ans Bett binden und stundenlang verwöhnen", sagt er leise. „Tu es doch", haucht sie. „Du darfst alles mit mir machen." Er sieht sie an. Es fällt ihm so schwer, aufstehen zu müssen. „Es gibt noch so viel zu tun, aber ich komme darauf zurück", grinst er und geht. Joy zieht sich an.

Die ersten Lieferungen kommen. Die Hofgestaltung nimmt seinen Lauf. Joy fährt zu Mario und sie drehen ein neues Video.

Wie versprochen baut sie eine Aufklärung und Entschuldigung ein. Sie berichtet von den Gesprächen mit den Züchtern und deren Vorschlägen und Bemühungen, Veränderungen zu erwägen. Dass man nichts mit brachialen Emotionen erreicht. Höchstens Schaden anrichtet. Sie zeigt Möglichkeiten auf und wie sie umgesetzt werden könnten. Doch bevor sie ins Netz geht, legt sie es Dimitri vor. Der ist sehr zufrieden. Kaum im Netz, bekommt er eine Mail nach der anderen. Alle Kunden und Züchter bedanken sich. Bestätigen noch einmal seinen guten Geschmack und sagen ihr Kommen zur Hochzeit zu. Dimitri nimmt Joy an die Hand und schlendert mit ihr über den Hof. Alles ist vorbereitet. Die Pavillons und Buketts stehen an ihren Plätzen. Die Buffetmeile ist installiert. Hannah und Kosima haben ein unglaubliches Gestaltungstalent. Sie haben Palmen und Sträucher mit Lichtern und kleinen Geschenken behangen. Farbenfroh, doch nicht überladen.

Die Sonne geht unter. Er streichelt ihr Gesicht. Und beide Herzen pochen heftig. Morgen ist es so weit. Sie besiegeln ihre Liebe im Gartenhaus. Zärtlich überflutet er ihren Körper mit Küssen und Streicheleinheiten.

„Ich will nicht gehen", sagt er leise, auf ihr liegend.

„Bitte", antwortet sie. „Du darfst die Braut vor der Hochzeit nicht sehen. Das bringt Unglück."

Er hält sich an ihr fest. Sie lacht. Hebt seinen Kopf. „Alles war bisher perfekt", sagt sie, „nun lass es auch perfekt enden. Ich bitte dich", beschwört sie ihn.

Dimitri zieht sich an. Dann geht er. Joy bleibt noch liegen. Hört ihn wegfahren. Und jetzt bereut sie es. Er fehlt ihr. Sie geht in ihr Bett. Doch sie kann nicht schlafen. Wälzt sich hin und her. Hannah hört sie. Legt sich an Joys Seite und nimmt sie in den Arm. Lehnt Joys Kopf an ihre Brust und streichelt über ihre Haare. „Denk einfach, ich wäre er", sagt sie sanft. Und es wirkt. Joy schläft ein. Hannah hat diese außergewöhnliche Liebe gleich gespürt, als sie Dimitris Augen sah, als Joys Foto ihn gefesselt hat. So hat sie ihn in all den Jahren noch nie erlebt. So viele Schönheiten sind ein und aus gegangen, doch keine hat ihn betört. Joy ist etwas ganz Besonderes. Hannah bleibt die ganze Nacht bei Joy.

Am nächsten Morgen geht alles ganz schnell. Die Friseurin ist da. Während Joy frisiert wird, schlingt sie Kleinigkeiten runter, damit ihr Magen nicht knurrt. Das wäre zu peinlich. Fertig frisiert helfen Hannah und Kosima Joy in Kleid und Schuhe. Dann bekommt Joy ihr Make-up. Die Frauen ziehen sie sich selbst an. Sie haben sich knielange, fliederfarbene Neckholderkleider ausgesucht. Dazu silberne High Heels. Dimitri hat ihnen echte Diamantohrringe und Broschen spendiert. Sie stecken sich die Haare seitlich. Die eine links. Die andere rechts. Dezent geschminkt sehen sich alle an. Bestätigen sich gegenseitig ihr gutes Aussehen. Joy lädt die junge Frau zum Fest ein. Gibt ihr separat ein großzügiges Trinkgeld. Kosima holt den Brautstrauß aus ihrem Zimmer. Einzelne Mispeln in lange einheimische Gräser gesteckt. In der Mitte eine Strelizie in wildem Tabak gebettet. Dezente kleine Perlen und Federn eingearbeitet. Alles passend zu Haar, Kleid und Schuhen. Joy glänzen die Augen. „Nicht, dein Make-up", warnt Hannah lächelnd und tupft ihre Augen. „Ich liebe euch", sagt Joy. Sie steht vor dem Spiegel. Die zwei Frauen hinter ihr. Sie sind perfekt. Vor dem Haus wartet eine Limousine. Sie werden zum Flughafen gefahren. Dort wartet ein Hubschrauber. Der Pilot hilft ihnen beim Einsteigen. Er lächelt Hannah ganz besonders an. Und sie ihn. Joy lädt auch ihn zum Fest ein. Auf El Hierro steht eine Kutsche bereit. Etwas abseits, um die Tiere zu schonen. Nachdem der Hubschrauber still steht, fährt die Kutsche vor. Joy fühlt sich wie im Märchen. Vor der Festungskirche stehen Dimitris Jungs in Anzügen parat. Helfen den Frauen beim Aussteigen. Geleiten sie die Treppen hinauf. Hannah und Kosima werden an den Armen der Jungs hineingeführt. Joy wartet auf Abstand. Die Glocken des Turmes erklingen. Joy zittert heftig. Sie geht langsam in die Kirche hinein. Doch dann bleibt sie stehen. Alle halten den Atem an. Dimitri sieht, wie heftig ihre Hand mit dem Strauß zittert. Er fürchtet, dass sie wegrennen könnte. „Komm", denkt er beschwörend. Und als hätte sie es gehört, sieht sie zu ihm auf. Direkt in seine Augen. Jetzt schwebt sie geradezu den Gang entlang. Dimitri lächelt. Sie ist bildschön. Er kämpft mit sich, nicht die Beherrschung zu verlieren. Sie steht vor ihm. Ihre Herzen klopfen heftig. Und alle im Saal können die Liebe der zwei nicht nur sehen, sondern auch fühlen. Es ist eine eigenartige Spannung und Energie in der Luft. Kosima nimmt Joy den Strauß ab und Dimitri und Joy halten sich an den Händen. Er fühlt ihr Zittern. Drückt ihre Hand. Ganz zart. Gibt ihr seine Kraft. Der Geistliche beginnt mit der Trauung. Joy hört kaum etwas. Sieht ihn nur an. Denkt an den Anfang. Dann die Veränderungen. Ihre Zweisamkeiten. Alles, was sie erlebt haben und er ihr Gutes getan hat. Den romantischen Antrag. Ihr zukünftiges gemeinsames Zuhause. Der Geistliche macht die gewünschte Pause. Jetzt richtet Dimitri sein Wort an Joy.

„Joy, du bist in mein Leben getreten und
hast es total verändert.
Mich verändert.
Ich hätte nie gedacht, so lieben zu können.
Dass mir jemand so viel bedeuten,
mir mein Herz stehlen könnte.
Ich will und kann nicht mehr ohne
dich sein!"

Er drückt ihre Hände.

„Ich liebe Dich!"

Joy spricht.

„Dimitri,
du bist der starke Arm, den ich brauche.
Der mich hält.
Du lenkst und leitest mich mit
Weisheit und Güte.
Und für alle Zeit wird es nie
wieder jemanden geben,
dem ich so sehr vertraue.
Bedingungslos liebe.
Wir gehören zusammen,
vor Gott, unseren Freunden und der Familie.
Bis zum Ende!
Ich liebe dich von ganzen Herzen!"

Tränen laufen über ihr Gesicht. Kosima reicht ihr ein Taschen-tuch. Joy hält ihre Hand fest. Bittet Hannah, sich an ihre an-dere Seite zu stellen. Verwundert sehen sich alle Gäste an. Joy legt Hannahs und Kosimas Hände auf ihre linke.

„Dimitri, ich heirate dich im Beisein unserer Familie", sagt sie ernst und streckt ihm ihren Ringfinger entgegen.

Er steckt ihr den Ehering an. Dann lässt sie die Hände der Frauen kurz los und steckt ihm seinen Ring an. Dann legt sie wieder die Hände auf ihre und Dimitri seine obenauf.

Der Geistliche spricht das Ehegelöbnis. Dimitris Augen leuch-ten. Er zieht ihren Kopf sanft mit der anderen Hand zu sich und küsst sie ganz zart. Hannah und Kosima bekommen einen kur-zen Kuss auf den Mund. „Ich liebe euch", sagt er sanft. Seine Be-stätigung, dass alles perfekt ist. Der Geistliche spricht die letz-ten Worte und besiegelt bekreuzigend den Ehebund. Dimitri legt Joys Hand an seinen Arm und führt sie hinaus. Joy sieht die Ma-donnenstatue und bedankt sich in Gedanken. Dimitri und Joy fahren mit der Kutsche zum Hubschrauber. Damit fliegen sie zum Fünfsternehotel. Dimitri hat die Suite noch mal gebucht. Ein rotes Rosenmeer, Champagner und Erdbeeren mit Schokolade erwarten sie. Dimitri trägt sie über die Schwelle. Joy sieht ihm in die Augen. Nimmt nichts wahr. Der Page verschwindet ganz leise. Dimitri stellt sie hin. Zärtlich küssend zieht er sie aus. Bringt sie dabei schon zum Zittern. Liebkost sie mit seiner Zunge. Joy zittert noch heftiger. Dann tut sie es ihm gleich. Und auch er hat Mühe zu stehen, während sie ihn verwöhnt. Er löst ihr Versprechen ein. Alles darf er mit ihr machen und er macht es mit ihr. Fesselt sie ans Bett. Er hat schon eine Tasche mit Utensilien deponiert. Sie ist ihm ausgeliefert. Genießt sein Verlangen. Seine Erfahrung. Sie kommt mehrmals und es ist ihr egal, ob man sie, trotz ihres Krawatten-Knebels, hört. Er bringt sie um den Verstand. Ihre Gefühle explodieren. Heftig zitternd bittet sie ihn mehrmals um Erlösung. Er grinst. Hält ihren Kopf und sieht ihr während seines Ergusses in die Augen. „Ich liebe dich so sehr", keucht er. „Und ich dich", schnauft sie. Völlig erschöpft und schweißgebadet liegen sie sich in den Armen. Ausgeruht gehen sie in den vorbereiteten Whirlpool. Genießen den Champagner, und er füttert sie mit schokogetränkten Erdbeeren. Sie liegt mit dem Rücken auf ihm. Umschlingt sich mit seinen Armen. „Du machst mich wahnsinnig glücklich", sagt sie zärtlich. „Ich weiß gar nicht, womit ich dich verdient habe." Er dreht ihren Kopf am Kinn zu sich. „Ich bin es, die dich nicht verdient hat. Und ich danke dem Schicksal dafür, dich in den richtigen Flieger gesetzt zu haben. Dass du das richtige Zimmerangebot ausgesucht hast. Es dich in mein Leben gebracht hat. Nichts ist mehr, wie es einmal war. Ich will dich. Nur noch dich." Er küsst sie eng umschlungen. Sie gönnen sich noch einmal eine Zweisamkeit auf dem Boden vor dem Kamin. Ziehen sich an und fahren zur Finca.

Die Gäste erwarten sie mit Reis und Blüten. Es wird ein ausgelassenes Fest. Keine Tabus. Pärchen und Gruppen bilden und vergnügen sich. Dimitri fährt mit Joy zum Strandhaus. Trägt sie über die Schwelle und die Treppe hinauf ins Schlafzimmer. Legt sie wie eine Prinzessin auf das Bett. Beugt sich über sie.

Joy streckt ihm ihren Mund entgegen, weil sie denkt, er will sie küssen, doch seine Hand gleitet unter sein Kopfkissen. Holt ein goldenes Röhrchen mit roter Schleife hervor. Joy sieht ihn verwundert an. Er gibt es ihr.

„Mein Hochzeitsgeschenk", lächelt er.

„Noch mehr?", fragt sie erstaunt und deutet mit den Augen auf das Zuhause.

Er lacht. „Öffne es", befiehlt er sanft.

Joy löst die Schleife. Dreht das Röhrchen auf. Holt ein Papier heraus.

„Werbevertrag"

Hiermit möchten wir Ihnen einen Vertrag für Werbeaufnahmen anbieten.
Wir sind von Ihrem Talent überzeugt und würden uns auf eine baldige
Zusammenarbeit freuen.

Hochachtungsvoll

Joy guckt ihn geschockt an. „Ich?", fragt sie. „Aber wieso? Ich kann das doch gar nicht", sagt sie völlig verwirrt.

Dimitri lacht. „Oh, doch", sagt er. „Ich habe ihnen deine Videos geschickt und sie wollten dich sofort. Und glaube mir, die wissen, ob es einer draufhat oder nicht. Dein Talent ist da. Und ich werde dich unterstützen. Mein Bordell übertrage ich Kosima. Ich bleibe stiller Teilhaber. Wir zwei", er drückt und küsst ihre Hände, „gehen jetzt unseren eigenen Weg", sagt er zärtlich, aber ernst.

Er will sie küssen, doch sie rollt sich über das Bett. Geht zu ihrem Kosmetikkoffer. Holt ihre zwei Geschenke. Hält sie in den Händen. „Jetzt weiß ich gar nicht, ob ich sie dir geben soll. Sie kommen mir so klein vor", sagt sie unsicher.

„Gib sie mir", verlangt er und winkt sie zu sich.

Joy setzt sich vor ihn. Gibt ihm erst den Schlüsselanhänger. Er sieht, dass es eine Sonderanfertigung ist. Liest die Gravur. „Zwei Herzen für immer vereint D & J." Keine Reaktion. „Gefällt dir nicht", sagt sie leise, als er ihn wieder in die Schatulle legt. Joy wird traurig. Dann öffnet er das Etui mit der Kette. Sieht die Buchstaben. Die Herzen dazwischen, die Verbundenheit ausdrücken sollen. Und wieder keine Reaktion. Er gibt ihr die Kette. Sie soll sie ihm anlegen. Joy zittert. „Musst du nicht, wenn sie dir nicht gefällt", sagt sie beschwichtigend.

Er umfasst sie und schmeißt sie aufs Bett. Legt sich auf sie. Streichelt ihr Gesicht. „Wie kommst du nur auf die Idee, dass mir etwas von dir nicht gefallen könnte? Selbst wenn du mir einen Stein für unseren Garten bringen solltest, wäre es das Größte für mich, weil ich weiß, dass es von Herzen kommt. Du dir Gedanken gemacht hast. Allein diese Kette und was du vor dem Altar getan hast. Hannah und Kosima mit eingebunden hast, beweist, wie sehr du mich und die Meinigen respektierst und liebst." Er steht auf. Öffnet sein Hemd. „Und jetzt zeige ich dir, wie sehr mir alles von dir gefällt", schnauft er. Und Joy erlebt eine Hochzeitsnacht, die sie nie vergessen wird.

Zwei Tage lang fordert er sie und es braucht einen Tag, um sich davon zu erholen. In den Pausen gehen sie schwimmen. Während sie schläft, erledigt er Geschäftliches. Er überschreibt Kosima und Hannah, zu gleichen Teilen, das Bordell. Bleibt aber prozentual beteiligt. Als Joy wach wird, fahren sie zur Finca und holen alle ihre Sachen ab. Verbringen noch einige Zeit mit Hannah und Kosima in der Sauna. Lassen sich von der verpassten Party erzählen. Mario soll sich mit der Friseurin eine schöne Nacht gemacht haben. Joy ist ganz ruhig. Sie hat ihn völlig überwunden. Nach einigen Stunden und Geschäftsgesprächen fahren sie zum Strandhaus zurück. Dimitri richtet sich in einem kleinen Raum ein Büro ein. Er will nicht eine Sekunde von ihr getrennt sein. Sie nehmen sich die Zeit, die Einrichtung des Hauses zu planen. Das Erkerzimmer mit Blick auf das Meer soll ein Kinderzimmer werden. Joy empfindet so eine Ruhe, wenn sie auf das Meer sieht und sie will, dass es ihrem Kind auch so geht. Dimitri stimmt zu. In jedem Raum machen sie sich Notizen. Besprechen alles gemeinsam. Dann fahren sie von einem Möbelgeschäft zum nächsten. Stellen jeden Raum zusammen. Sie verbinden Modernes mit Traditionellem. Ein Werbeauftrag kommt. Joy soll auf Fuerteventura eine Hotelanlage und die angebotenen Sehenswürdigkeiten vorstellen.

Dimitri sagt ihr alles, was er selbst kennt. Übt mit ihr während der Überfahrt mit der Fähre. Er, als Geschäftsmann, weiß, was gewünscht wird. Im Hotel werden sie vom Management persönlich begrüßt. Sie kennen sich. Es ist einer von denen, die Joy zu zweit im Gartenhaus genossen haben. Joy überspielt das ganz professionell. Er küsst zur Begrüßung Joys Hand. Lächelt. Erinnert sich gern an sie. Dann begrüßt er Dimitri mit einem kräftigen Händedruck. Sie gehen über das Gelände. Der Manager erklärt, wie er sich alles vorstellt. Sie soll eine Urlauberin sein, die ganz natürlich bleibt. Mit dem Wasser im Pool spielt. Sich sonnt. Genuss ausstrahlt. Joy wird etwas nervös. Dimitri nimmt sie zur Seite. „Mach es so wie in den Videos, nur nicht so emotional", beschwört er sie. „Nie wieder", sagt sie ernst und schüttelt den Kopf. Dimitri küsst ihre Hände. Und Joy atmet tief durch. Dann geht sie und wird eingewiesen. Eine Kosmetikerin kümmert sich um ihr Aussehen. Der Hotelier und Dimitri sehen von der Terrasse aus zu. Unterhalten sich. Dimitri stellt klar, dass Joy nur noch ihm gehört. „Das würde ich auch so machen", bestärkt ihn der Manager. „Sie ist traumhaft schön." Stunden vergehen. Joy ist ein Naturtalent. Nichts muss wiederholt oder bearbeitet werden. Sie bekommt zum Dank einen Wellness-Wochenendgutschein. Wird auch gleich zum nächsten Hotel der Gruppe geschickt und das Material sofort online gestellt. Denn Zeit ist Geld. Sie fahren zu einem Hotel am Strand. Joy wird gestylt und in einen Badeanzug gesteckt. Schwarz und nur an den wichtigsten Stellen bedeckt. Dimitri muss tief Luft holen. Als sie aus dem Pool auftaucht und das Wasser über ihr Gesicht rinnt, erregt er. Ihre feuchten Lippen. Das nasse goldene Haar auf ihrer glänzenden Haut. Dimitri geht spazieren. Sieht einzeln stehende Wochenendhäuser und mietet eines. Lässt Snacks und Sekt liefern. Wirft Rosenblätter aufs Bett. Zündet Kerzen an. Dann geht er zurück. Die Aufnahmen sind beendet. Auch hier gibt es nichts zu beanstanden und zu verändern. Alle sind von Joy begeistert. Dimitri verabschiedet sie und zieht sie an der Hand mit sich. Joy ist verwirrt. Hat sie was falsch gemacht? Dimitri öffnet die Tür zum Wochenendhaus. Trägt sie hinein. Schließt mit dem Fuß die Tür. Schmeißt sie aufs Bett. Reißt sich die Kleidung vom Leib. Joy bewegt sich nicht. Sieht ihn nur an. Dann alles, was er vorbereitet hat. Erkennt seine Erregung. Richtet sich etwas auf. Neigt ihren Kopf auf ihre Brust. Schaut ihm in die Augen und leckt sich verführerisch über die Lippen. Und Ihr feuchter Mund macht ihn verrückt. Er stürzt sich auf sie. Zieht sie stückweise aus, während er sie dabei liebkost und züngelnd verwöhnt. Und Joy genießt seine Unbeherrschtheit. Er ist völlig außer sich. Ganz anders als sonst.

„Ich bin so verrückt nach dir", sagt er erschöpft auf ihr liegend. „So wahnsinnig stolz. Alle sind fasziniert von dir. Aber du gehörst mir", sagt er fast bedrohlich. Er presst sich an sie. „Nur mir!" Und er erdrückt sie fast.

Sie streichelt sein Haar. „Nur dir", bestätigt sie und hebt seinen Kopf. Sieht ihm ernst in die Augen. „Es wird keinen anderen geben", sagt sie sanft. Er lässt los. Entspannt sich. Sie bleiben eine Nacht.

Der nächste Dreh ist auf La Palma. Das Team fährt voraus. Joy möchte sich noch Fuerteventura ansehen. Dimitri führt sie herum. Joy sieht eine Menge streunende Hunde. Sie erkundigt sich über Auffangstationen. Leider gibt es kaum welche. Sie setzt sich mit Dimitri an den Strand. Während des Picknicks unterbreitet sie ihre Idee. Sie möchte eine Tierasyl-Zweigstelle einrichten. Das Geld, was sie verdient, dafür nutzen. Doch auch gleichzeitig mit tierärztlicher Einrichtung und Pension. Für Urlauber, die ihre Schätzchen nicht mitnehmen oder unterbringen können. Mario hat sehr viele Sachspenden bekommen. Davon könnte man etwas nutzen.

Dimitri hört aufmerksam zu. Finanziell braucht er sie nicht. „In Ordnung", stimmt er zu. „Ich stelle dir meine Anwälte zur Seite." Gemeinsam fahren sie über die Insel und suchen die Grundstücke auf, die von Größe und Standort infrage kommen könnten. Sie haben Glück. Eine schon hoch eingezäunte Finca steht zum Verkauf. Joy sieht sich um. Genug Platz für Zwinger und Freilauf. Sie sieht sich das Haus an. Eine sehr große Küche. Die könnte man mit Aluminiumflächen belegen. Einen Arbeitstisch installieren. Dimitri guckt ihr fasziniert zu. Sie weiß genau, was sie will. Hat einfache und geniale Ideen. Ist nicht abgehoben. Er filmt Joy, während sie alles visuell und mit ihren Händen erklärt. So kann man sich die Umbauten vorstellen und umsetzen. Dimitri macht die Verträge klar und stellt ihr Video ins Netz. Es dauert nicht lange und die ersten Baufirmen bewerben sich. Erst mal unter dem Titel „Joys Auffangstation". Joy wuselt über das Gelände. Und auch hier weiß sie genau, wo was stehen soll. Denn auch größere Tiere brauchen ihren Platz. Dimitri freut sich über ihren Einsatz. Sie strahlt bei jeder Idee. Nach Stunden knurrt der Magen. Sie besiegeln den Kauf und fahren zum Hotel zurück. Holen ihre Sachen und machen sich auf den Weg, mit der nächsten Fähre nach La Palma.

Während der Überfahrt besprechen sie, was alles angeschafft werden muss. Dimitri kümmert sich um die Behördengänge. Setzt seine Anwälte darauf an. Welche Auflagen eingehalten werden müssen. Nimmt Kontakt zu Baufirmen auf, die sich beworben haben. Langjährige Kunden. Diese senden ihre Angebote. Im Hotel angekommen, werden sie dort vom Besitzer freudig begrüßt. Er hat schon viel von Joy gehört und ihre Videos gesehen. Auch er ist von ihr fasziniert. Handküssend sieht er ihr in die Augen. Er ist interessiert. Joy lächelt höflich, dreht sich dann aber in Dimitris Arm. Damit es gar nicht erst zu Missverständnissen kommt. Der Besitzer versteht. Er führt die beiden herum. Er hat sich auf Guide-Touren spezialisiert. Möchte Joy am Vulkan drehen. Sie soll mit der erkalteten Asche in ihren Händen spielen. Erklärend sein. So, als würde sie ihren Freunden ihr Urlaubsvideo vorstellen. Danach zum Wasserfall „Cascada de los Colores" im Nationalpark. Sie soll sich in einem weißen Bikini darunter stellen. Das Wasser an sich abprallen lassen. Erotisch, doch nicht zu viel. Die Schönheit der farbenfrohen Felswand und Vegetation muss im Vordergrund stehen. Joy geht in das vorbereitete Zimmer. Wird mit Treckingkleidung ausgestattet. Dann fahren sie zum Vulkan. Sie selbst ist von der Naturgewalt fasziniert und das drückt sich in Gestik und Mimik aus. Ihre Augen leuchten. Ehrfurcht ist ihnen zu sehen. Vor der Gewalt und gleichzeitig Furcht einflößenden Schönheit des Vulkans, aus der neues Leben entsteht. Träumerisch und nachdenklich spielt sie mit ihren Fingern an zarten Pflänzchen. Pionierpflanzen, die sich aus der Asche erheben und den Boden für weitere Vegetation vorbereiten. Dann fahren sie zum Wasserfall. Joy zieht sich unbefangen im Auto aus und um. Den bereitgelegten weißen Bikini an. Was sie nicht weiß, ist, dass überall Minikameras installiert sind. Sie stellt sich unter das fließende Wasser des Wasserfalls. Hebt ihre Hände über ihren Kopf. Lässt das Wasser spielerisch abprallen. Streckt sich dabei. Ihre wohlgeformte Figur glänzt unter dem Wasser. Sie steht etwas breitbeinig. Nicht zu viel. Das Wasser läuft an ihren Schenkeln herab. Ihre

Lippen glänzen. Sie hebt den Kopf etwas höher. So ist weniger von ihrem Gesicht zu sehen und der Focus bleibt auf das herabfallende Wasser gerichtet, das von ihr abprallt. Perfekt. Das Team applaudiert. Noch nie haben sie mit einer Amateurin auf Anhieb so perfekte Fotos gemacht.

Joy wird von Dimitri mit einem Handtuch erwartet. Er braucht nichts zu sagen. Sie sieht es ihm an. Seine Augen glänzen vor Stolz. Er fährt mit ihr zu einer kleinen Bucht. Im Licht der untergehenden Sonne lieben sie sich. Joy reitet ihn. Streckt sich wie beim Wasserfall. Mit den Händen in den Haaren. Er streichelt über ihre Brüste. Verwöhnt sie mit seinem Daumen. Sie sieht aus wie eine Göttin. Das Abendrot trifft auf das Wasser. Einer des Filmteams ist ihnen gefolgt. Macht mit seinem Handy Nahaufnahmen. Filmt Joy, bis sie beim Orgasmus zusammensinkt. Dann verschwindet er unbemerkt. Dimitri und Joy bleiben noch eine Nacht im Hotel. Sehen sich am nächsten Morgen die Sehenswürdigkeiten an. Dimitri kann ihr vieles erklären. So ist sie für eventuelle Buchungen vorbereitet. Sie schlendern und shoppen. Finden noch Accessoires für das Strandhaus. Lassen es sich gut gehen. Im Naturschwimmbecken, in den Wogen des Meeres. Jeder soll ihre Verliebtheit sehen. Sie bleiben noch eine Nacht. Auf dem Balkon, sich in den Armen liegend und in Bademäntel gehüllt, sehen sie sich den Sonnenuntergang an. Sie brauchen nicht reden. Unter dem Sternenhimmel vereinen sie sich zärtlich.

Am nächsten Morgen fahren sie mit der Fähre zurück nach Teneriffa. Dimitri muss noch zur Finca und setzt Joy beim Strandhaus ab. Die ersten Möbellieferungen werden erwartet. Joy ist schon völlig aufgeregt. Sie wäscht die Wäsche. Überblickt das Haus. Stellt in Gedanken alles auf. Es klopft. Sie öffnet lächelnd die Tür. Der Filmer steht vor ihr. Sie ist überrascht, doch sie lässt ihn herein.

„Habe ich beim Dreh etwas vergessen?", fragt sie ahnungslos.

Er öffnet sein Handy. Zeigt ihr die Aufnahme vom Bus und am Strand.

Joy sieht ihn fassungslos an. „Was willst du?", fragt sie geschockt.

„Das!", antwortet er. „Jetzt. Zieh dich aus." Sein Blick ist eiskalt.

Joy überdenkt ihre Situation. Weglaufen hat keinen Zweck. Das nächste Haus ist kilometerweit entfernt. Gegenwehr kann nur zum Nachteil sein. Er ist ihr körperlich überlegen. Und es könnte so eskalieren, dass Schlimmeres passiert. Gewaltsames. Sie hebt zur Beruhigung und Entspannung der Situation die Hände und tut, was er sagt. Zieht sich langsam und sexy aus. Steht nackt vor ihm.

„Hände auf den Kopf", befiehlt er. „Beine auseinander." Joy tut es. Er fasst ihr in den Schritt. Fingert an ihr rum. Betitelt sie abwertend. Joy betet. Sie denkt an ihre Flucht. Wohin und wo kann sie Hilfe rufen? Welcher Raum ist mit Schlüssel und bietet ihr etwas Schutz? Sie hat Angst.

Plötzlich geht die Tür auf. Dimitri kommt mit seinen Jungs. Sie sollen beim Einrichten helfen. Er sieht Joy wie einen verhafteten Schwerverbrecher, breitbeinig und die Hände auf dem Kopf stehen. Die Hand des Typen in ihrem Schritt. Blitzschnell stürzt er auf ihn zu. Wirft ihn mit einem Schlag zu Boden. Der Typ hat keine Chance. Dimitri schlägt auf ihn ein. Das Blut spritzt in alle Richtungen. An Joys Körper.

„Hör auf!", schreit sie. Und Dimitri sieht sie an. Joy hat ihn noch nie so gesehen. Der Wahn ist in seinem Gesicht. Voller Wut. Er schnauft. Geht auf sie zu wie ein gehetzter Stier. Joy kriegt Panik. Schreit: „Sieh dir sein Handy an."

Dimitri sieht es auf dem Boden liegen. Nimmt und öffnet es. Er sieht die Aufnahme. Jetzt ist ihm alles klar. Erneut schlägt und tritt er auf den keuchenden Typen ein. Das Blut trieft von seinen Händen.

„Hör doch auf", schluchzt Joy. „Hör doch bitte auf." Sie sinkt zusammen. Nackt liegt sie weinend auf dem blutverschmierten weißen Fliesenboden. Ihr Körper übersät mit Blutspritzern. Dimitri sieht sie. Er atmet durch. Gibt seinen Jungs ein Zeichen. Die schleifen den Typen weg. Er wird nie mehr gefunden.

Dimitri nimmt Joy auf den Arm und trägt sie unter die Dusche. Zieht sich ebenfalls aus. Nimmt das duftendste Duschgel und schäumt sie beide so lange ein, bis das Wasser im Abfluss ganz klar ist. Joy hält sich an seinem Hals fest. Sie zittert heftig. Weint leise. Sieht ihn nicht einmal an. Er trocknet sie ab. Zieht ihr einen Bademantel an und trägt sie zum Bett. Deckt sie wie ein Kind zu. Küsst ihre Nasenspitze. „Bleib hier", befiehlt er sanft und doch streng. Er zieht sich Hose und Polo-Shirt über und geht zum Ort des Geschehens zurück. Holt Putzmittel aus der Küche. Chlor. Er beginnt zu wischen. Die Jungs sind zurück. Sie legen Hand mit an. Mit UV-Lampen kontrollieren sie sich gegenseitig. Kein Fleck darf übersehen werden. Trocknen noch alles nach. Gerade noch rechtzeitig. Minuten später kommt der

Möbellieferant. Die Männer richten alles ein. Joy ist eingeschlafen. Dimitri sieht immer wieder leise nach ihr. Dann macht er weiter. Alle gelieferten Möbel bekommen ihren Platz. Lampen, Teppiche, Bilder und Accessoires. Stunden später verabschiedet er seine Jungs mit einer großzügigen Entschädigung. Dann geht er zu Joy. Weckt sie zärtlich mit einer Rose. Streichelt sie wach. Sie sieht ihn traurig an.

„Ich gebe dir keine Schuld", sagt er sanft. „Ich weiß, dass du keine Wahl hattest. Es tut mir so leid. Aber ab jetzt lasse ich dich nie mehr alleine." Er streichelt ihren Kopf. Tränen laufen über ihre Wangen. „Nicht, mein Herz, jetzt ist alles wieder gut", sagt er und küsst ihr die Tränen weg. „Komm", sagt er, „ich will dir etwas zeigen." Er zieht sie hoch. Doch an der Tür bleibt Joy wie ein Fels stehen. Sie zittert heftig. Er weiß, was los ist. Sie steht unter Schock. Er nimmt sie auf den Arm. „Schließ die Augen," befiehlt er. Dann trägt er sie aus dem Haus. Davor stellt er sie hin. „Joy, sieh mich an", fordert er sie auf. „Das ist unser Zuhause. Für unsere Welt. Unsere Familie. Lass es uns nicht von irgendjemandem wegnehmen. Ich will, dass du an die Kinder denkst, die hier lachend durchs Haus toben. Joy", und er nimmt ihr Kinn in seine Hand, „ich liebe dich." Jetzt sieht sie die Augen, die sie liebt. Er öffnet die Tür. Joy zuckt zusammen. Doch dann sieht sie den Eingang. Traumhaft schön. In der Mitte ein rechteckiger Berberteppich. Darauf ein kleiner Tisch mit einer Büste. Küssende Gesichter. Es sind ihre. Er hat sie gießen lassen. Links und rechts Mahagonikommoden mit goldenen Beschlägen. Darüber Spiegel mit goldverzierten Rahmen. Auf den Schränken weiße Statuen. An der Treppe zwei große Götterfiguren aus weißem Marmor. Männlich und weiblich. Ihre Genitalien sind verhüllt. Ästhetisch. Von der Decke hängt ein riesiger, völlig überladener Kronleuchter. Die Sonne bricht sich in den Glasperlen. Es funkelt und glitzert. Dimitri zieht sie die Treppe hinauf. Im Kinderzimmer hat er nur die Möbel aufgestellt. „Den Rest machst du", bestimmt er. Umfasst sie von hinten. Joy zuckt heftig zusammen. Er nimmt sie auf den Arm und trägt sie zum Bett. Legt sie hin und sich daneben. Öffnet ihren

Bademantel. Beginnt sie zu streicheln. Joy zuckt und zittert. „Joy, es sind meine Hände, die dich berühren", flüstert er zärtlich. Und Joy hält sich an seinem Hals fest. Konzentriert sich auf das Streicheln. Fühlt die Wärme seiner Hand. Doch ihr Körper wehrt sich. Er fühlt ihr Zittern. Dimitri küsst sie ganz sanft und zärtlich. „Joy, ich liebe dich", flüstert er immer wieder leise. „Sei wieder mein." Bringt sie lange zärtlich streichelnd zum Höhepunkt. Die Gefühle überwältigen ihre Angst. Sie schreit ihre Anspannung heraus. Zitternd und weinend liegt sie in seinem Arm. „Halt mich fest!", schluchzt sie. Er lässt ihr die Zeit. Legt sich neben sie und hält sie fest und holt Erinnerungen zurück. Lenkt sie mit glücklichen Momenten ab. Ihre romantischen Nächte. Ruhig schlafen sie ein.

In der Nacht wird er wach. Sie ist nicht da. Panik ergreift ihn. Er geht in jedes Zimmer. Joy steht im Kinderzimmer am Erkerfenster und sieht aufs Meer hinaus. Mondlicht erhellt die dunkle Nacht. Und das Rauschen der Wellen ist zu hören. Erleichtert steht er in der Tür. Sieht sie an. Das Mondlicht lässt ihr Haar glänzen. Im zarten weißen Negligé sieht sie aus wie ein Engel. Sie spürt ihn. Senkt den Kopf. Er geht zu ihr. Umfasst ihre Hüfte und küsst ihren Hals. Joy ist ganz ruhig.

„Alles in Ordnung?", fragt er leise. Küsst besorgt ihren Kopf.

„Ich will ein Kind mit dir", sagt sie ernst.

Er dreht sie um. Schaut verwundert in ihre Augen.

„Lass uns ein Baby machen", sagt sie. „Ich will mein Glück. Hier mit dir." Sieht ihm ernst ins Gesicht. Dimitri trägt sie ins Bett. Und all ihre Anspannung ist verflogen. Sie überflutet ihn mit zärtlichen Küssen. Genießt ihn wieder. Lange und Leidenschaftlich lieben sie sich. Ganz sanft. So wie noch nie. Sinnlich. Beteuernd. Mit der Vorstellung, mit dieser Liebe ein neues Leben zu schaffen. Joy lässt nie wieder Zweifel zu. Er wird der Vater ihrer Kinder. Wird sie und die Kinder mit all seiner Macht schützen.

Am nächsten Tag geht sie von Zimmer zu Zimmer. Schreibt sich auf, was alles kindgerecht gestaltet werden muss. Sicherungen an Fenstern, Türen, Steckdosen und Treppe. Sie bestellt alles, was für ein Kind gebraucht wird. Überlässt nichts dem Zufall. Dimitri unterstützt sie. Kümmert sich um weitere Werbeverträge. Organisiert alles. Joy dreht auch mit Mario weiter. Informiert ihn gleichzeitig über ihr Vorhaben, auf Fuerteventura ein Tierasyl, eine Tierpension mit tierärztlicher Versorgung und Wellness für Tiere einzurichten. Würde sich über unterstützende Hilfe freuen. Sach- und Geldspenden. Und der Zuspruch ist stark. Auch bewerben sich Studenten und Schüler als Hilfskräfte. Firmen bieten sich kostengünstig zur Umgestaltung an. Dimitri führt die Verhandlungen und Gespräche.

Joys nächster Dreh ist auf Gran Canaria. Sie nehmen an der Jeep-Safari und der Buggy-Tour durch die Dünen teil. Zeigt die Schildkrötenauffangstation. Sie ist voll in ihrem Element. Erklärt die Arbeit der Schützer in Zusammenarbeit mit den Schützern. Welchen Gefahren diese Tiere ausgesetzt sind, der Verdreckung der Meere und Strände, wo sie eigentlich ihre Eier ablegen. Dass diese Strände mit Müll von Tagesgästen verunreinigt werden, obwohl überall Abfallcontainer stehen. Dass ein Umdenken stattfinden muss. Und dass jeder Einzelne mit einem Handgriff helfen kann. Dass mitgebrachter Müll, auch zur Trennung, mit nach Hause genommen werden sollte. Schließlich ist er ja nach Gebrauch leichter. Kaum im Netz, rollen die Spenden. Und auch hierfür bieten Studenten ihre Hilfe an. Für Kontrollgänge und Säuberungsaktionen.

Joy wird jetzt auf jeder Insel gebucht. Jede Organisation nutzt ihren Charme. Während Joy das Geld für ihr Asyl verdient, erfüllt sie sich ihren Wunsch, die Welt zu bereisen. Hotels überall auf der Welt buchen sie. Einen Monat lang reisen sie von Kontinent zu Kontinent. In der Schweiz holen sie ihre Hochzeitsreise nach. Während der Dreharbeiten lernt Joy Ski fahren. Albert mit Dimitri und dem Skilehrer im Schnee herum. Das Filmteam benutzt einige Albernheiten für den Werbeträger. Schlittenfahrten. Auch das Schlemmen traditioneller Pfannengerichte vor dem Kamin. In den Nächten genießen sie einander, mit Blick auf die beleuchtete Zugspitze durch das Panoramafenster. Am nächsten Tag soll Joy Schlittschuh laufen. Ihr werden Profis zur Seite gestellt. Dimitri trifft sich mit seiner Anwältin, die sich kurzfristig angemeldet hat. Es ist die Anwältin, die er auf Joys Kind angesetzt hat. Er geht mit ihr in ein gemietetes Zimmer.

„Wir haben es gefunden", sagt sie bei einer Tasse Kaffee. „Wir haben Joys Kind gefunden", wiederholt sie lächelnd. „Ein Mädchen. Kyra."

Dimitri sieht sie fassungslos an. Sie holt ihr Handy raus und zeigt ihm die Fotos, die von den Detektiven gemacht wurden. Sie schickt sie Dimitri aufs Handy. Ihm bleibt fast das Herz stehen. Sie sieht genau wie Joy aus.

Dann beginnt die Anwältin zu erzählen: „Es war nicht ganz einfach. Joy wurde für den Adoptionszweck von ihren Eltern angeboten. Wir haben es im Untergrund gefunden. Sie war 12."

Dimitri wird rot vor Wut. Er hat auch schon einiges Unrechtes getan, aber das ist selbst für ihn zu viel.

Die Anwältin fährt fort. „Der Mann, Kyras Vater, ist mittlerweile tot. Bei einem Autounfall umgekommen. Die Adoptivmutter Beth hat einem Treffen sofort zugestimmt. Sie ist schwer krank und wird bald sterben. Ihre größte Sorge ist, was aus dem Kind wird. Sie möchte unbedingt ein Gespräch und beharrt darauf, nichts von dieser Tragödie gewusst zu haben."

Dimitri starrt auf das Foto. Gibt der Anwältin freie Hand. Sie soll Beth und Kyra herbringen. Er übernimmt alle Unkosten. Die Anwältin geht und Dimitri spaziert am See entlang. Er muss Joy alles sagen und fürchtet sich davor. Doch er hat eine Lebensweisheit und lebt danach: Nur die Wahrheit ist richtig.

Er geht zurück. Joy ist fertig. Dimitri hat schon gepackt. Steht mit der Reisetasche in der Hand bereit. Joy sieht ihn verwundert an. „Alles in Ordnung, ist was passiert?", fragt sie ängstlich. Sie denkt an Hannah, Kosima und Mario.

„Nein, es ist nur etwas Geschäftliches", antwortet er knapp. Er fliegt mit ihr in einem Privatjet zurück auf Teneriffa. Schweigt viel. Ist Nachdenklich. Telefoniert mit den Anwälten. Ist angespannt. Er weicht ihren Blicken aus. Joy ist verunsichert. Hat sie etwas falsch gemacht? Am Flughafen steigen sie in seinen Wagen, den ihm die Jungs gebracht haben. Sie fahren zu seiner Jacht. Joy wird immer nervöser. Jetzt weiß sie, dass etwas nicht stimmt. Die Jacht war bisher immer ein Fluchtort. Sie hat Angst. Er schickt Joy ans Ruder und löst die Seile. Fahren ein paar Meilen hinaus. Dann setzt sich Dimitri auf die Liege. Joy sieht sein nachdenkliches Gesicht.

Sie fällt vor ihm auf die Knie. „Egal, was ich gemacht habe, ich mach es wieder gut, ich schwöre es. Bitte verlass mich nicht", fleht sie ihn an.

Er sieht sie entsetzt an. „Oh nein, Joy. Joy, nein. Um Himmels willen. Niemals. Es tut mir leid. Ich wollte dir keine Angst machen. Ich war in Gedanken. Joy", er nimmt ihre Hände, „ich muss dir etwas sagen und nicht alles wird dir gefallen. Ich habe etwas Angst."

Joy guckt ihn mit großen Augen an. Sie befürchtet das Schlimmste. Eine tödliche Krankheit oder Gefängnis? Ihr Kopf dreht sich vor Möglichkeiten.

„Joy, sieh mich an", bittet er sanft. „Wir haben dein Kind gefunden", sagt er leicht lächelnd.

Joy fällt zurück auf den Boden. Schüttelt ungläubig den Kopf.

Dimitri nickt. „Ein Mädchen. Schön wie du", sagt er. „Kyra. Willst du sie sehen?" Er öffnet sein Handy.

Joy nimmt es mit zittrigen Händen. „Sie sieht aus wie ich damals", schluchzt sie. „Wie, wo?", fragt sie fassungslos.

Und jetzt fasst er sich ein Herz und erzählt ihr alles. Joy läuft auf und ab. In ihrem Kopf dreht sich alles. Wut, Hass, aber auch Freude. Sie sieht Kyra noch einmal an. Dimitri zieht sie zu sich. Streicht ihre Tränen aus dem Gesicht. „Joy", sagt er ernst, „wir dürfen nicht egoistisch sein. Das Mädchen wird bald ihren wichtigsten Menschen verlieren. Sie wird jede Hilfe und Unterstützung brauchen. Bitte, du musst vernünftig sein." Joy sieht ihn an. Nickt. Sie schmiegt sich in seinen Arm. Holt sich Geborgenheit und Kraft. Zusammen planen sie die weiteren Schritte. Beth und Kyra werden in einem Hotel untergebracht. Kyra wird es als Urlaub vermittelt. Dimitri und Joy werden zur selben Zeit im Hotelrestaurant frühstücken, wo Beth und Kyra einquartiert sind. So kann Joy Kyra erst mal aus der Ferne sehen. Beth stimmt zu.

Fünf Tage noch, dann kommen sie. Joy kann sich nicht konzentrieren und das merkt auch Mario beim Dreh. Er nimmt sie zur Seite. „Was ist los mit dir?", fragt er besorgt. Joy atmet tief durch. Sieht ihn mit Tränen in den Augen an. Dann erzählt sie ihm alles. Alles! Mario ist geschockt. Nimmt sie in den Arm und hält sie fest. Joy empfindet nur noch tiefe Freundschaft und es tut so gut. Sie fordert ihn auf zu schweigen. Mario streichelt ihr Gesicht. „Selbstverständlich", sagt er mit liebevollen Augen. „Fahr nach Hause. Ich übernehme die Dreharbeiten." Er nimmt ein Thema, was ausschließlich seine Aufgaben betrifft. Leitung und Kosten des Betriebes. Joy bedankt sich und fährt nach Hause. Sie putzt und dekoriert, um sich abzulenken. Dimitri gibt sich die größte Mühe, sie zu verwöhnen. Doch Joy kann ihn nicht genießen. Sie ist so nervös. Kann nicht schlafen. Essen.

Dann ist der entscheidende Tag da. Joy zieht sich mehrmals um. „Du schaffst das", sagt Dimitri zuversichtlich und küsst sie. Gibt ihr das Kleid, das er ihr geschenkt hat. Joy nickt und zieht es an. Es erinnert sie an einen wunderschönen Abend und Antrag. Einen der glücklichsten Tage ihres Lebens. Absolut passend. Sie fahren zum Hotel. Joy knetet ihre Hände, während sie sich im Saal umsieht. Dimitri nimmt ihre Hände und hält sie fest. „Beruhige dich", sagt er leise. Dann setzen sie sich an einen Tisch, der den Saal gut einsehen lässt. Versuchen zu frühstücken. Joy verschüttet vor lauter Aufregung Kaffee. Dimitri nimmt ihr die Tasse ab. Lenkt sie mit einem Gespräch ab. Doch Joy hört ihn gar nicht. Sie sieht sich immer wieder um. „Sie sind nicht da", denkt sie enttäuscht und sieht Dimitri verzweifelt an.

„Sind Sie Joy, die Joy mit den Tieren?", fragt plötzlich eine Mädchenstimme.

Joy erschreckt und verschluckt sich. Sieht hoch. Und es trifft sie wie ein Blitz. Mitten ins Herz. Ihr Hals schnürt sich zu. Kyra steht neben ihr.

„Ja, äh … ja", stammelt sie. Dimitri räuspert sich. Joy sieht ihn mit offenem Mund an.

„Würden Sie mir bitte ein Autogramm geben?", fragt Kyra und hält Joy den Flyer vom Asyl hin.

Dimitri gibt Joy einen Stift und lenkt Kyra ab. Denn Joy ist unter Schockstarre. „Mit wem bist du hier?", fragt er scheinheilig. „Dort drüben, mit meiner Mutter", antwortet Kyra und zeigt auf Beth.

„Soll ich mal fragen, ob ihr das Asyl besuchen wollt?", fragt Dimitri. „Ich kenne den Besitzer."

„Ja", antwortet Kyra mit leuchtenden Augen und zieht Dimitri wie selbstverständlich an der Hand zu Beth.

Joy verfolgt sie mit ihren Augen. An einem Tisch sitzt eine Frau mittleren Alters mit kurzen schwarzen Haaren. Ihre Blicke treffen sich. Joy reagiert nicht. Sie ist völlig überfordert. Dimitri redet mit Beth. Dann kommen sie zurück.

„Ich darf mit", sagt Kyra aufgeregt zu Joy. „Darf ich denn auch die Tiere streicheln?".

„Alles darfst du", sagt Joy unbedacht. „Selbstverständlich nur die zahmen", wirft Dimitri ein. „Wir zeigen sie dir."

Beth geht zur Toilette und Joy folgt ihr. Dimitri bittet Kyra, sich zu setzen. Unterhält sich mit ihr. Die Frauen stehen sich an den Waschbecken der Damentoiletten gegenüber.

„Jetzt weiß ich, woher Kyra ihre Schönheit hat", sagt Beth.

Joy sieht die Blässe in Beths Gesicht. Ihren abgemagerten Körper. Sie versucht, es mit Kleidung und Schminke zu kaschieren, doch es ist zwecklos.

„Sie ist wundervoll", sagt Joy nur. „Bis morgen", verabschiedet sie sich dann schnell. Sie findet einfach nicht die richtigen Worte und geht zurück zu Dimitri.

Kyra gibt Joy die Hand. Und erneut durchfährt Joy ein Blitz. Kyra verabschiedet sich und geht zu Beth. Joy sieht ihr hinterher und Tränen schießen in ihre Augen. Sie würde sie am liebsten festhalten und nie wieder loslassen. Es fühlt sich an, als würde sie sie erneut verlieren. Ihr Herz springt in tausend Teile. Dimitri gibt ihr sein Taschentuch. Er muss mit ihr hier weg. Nimmt sie an den Arm und führt sie zum Auto. Joy umarmt ihn und schluchzt. Die Gefühle überwältigen sie. Nie hätte sie geglaubt, dass sie wirklich ein Kind hat und es dann auch noch nach all den Jahren kennenlernt. Er hält sie fest. Ganz fest. Ihre Beine zittern. Er weiß, was sie gerade durchmacht. Schluchzend in seinen Armen liegend, fährt er sie nach Hause. Trägt sie auf den Steg. Setzt sich mit ihr hin und sie sehen schweigend auf das Meer.

„Sie ist so wunderschön wie du", sagt er sanft und streichelt ihren Kopf. „Ich werde alles tun, damit sie sich bei uns wohlfühlt."

„Womit habe ich dich nur verdient?", flüstert Joy und streichelt seine Wange. „So viel Glück und Liebe. Bitte verlass mich nie", fordert sie küssend.

„Niemals", haucht er.

Nach Stunden inniger Liebe meldet Joy den Besuch bei Mario an. Sie organisiert ein Grillfest. Hannah und Kosima werden eingeweiht und um Stillschweigen gebeten. Hannah reagiert genauso geschockt wie Mario. Nimmt Joy in den Arm. Verspricht, immer für sie da zu sein. Kosima ist wie immer eiskalt. Doch sie fürchtet Dimitri und reißt sich zusammen. Die zwei werden als beste Freundinnen vorgestellt und dürfen nichts über ihre Arbeit erzählen. Mit allem einverstanden, helfen sie bei den Vorbereitungen. Dimitri setzt Joy und die Frauen bei Mario ab und fährt Beth und Kyra holen. Joy überprüft noch einmal alles.

Mario sieht ihre Anspannung. Nimmt sie in den Arm. „Beruhige dich", sagt er leise. „Es ist perfekt. Du hast so lange gewartet. Das Schicksal hat sie dir gebracht." Er küsst ihre Wange.

Dimitri fährt vor. Joy hält Marios Hand. Ihr Herz klopft so heftig, dass ihr beinah schlecht wird. Sie hat Angst zu fallen. Und Mario drückt sie. Joy atmet durch. Kyra rennt auf Joy zu. Ihre goldenen Haare wehen. Ihr Gesicht strahlt. Mario bleibt vor Staunen der Mund offen stehen. Sie ist Joys Ebenbild, nur jünger. Kyra begrüßt beide mit Handschlag. Und auch bei Mario hüpft das Herz. Er hält Kyras Hand fest und verschlingt sie mit seinen Augen. Seine Welt steht kurz still. Joy stupst ihn an.

„Äh, Verzeihung", sagt er. „Ich habe nur noch nie eine Prinzessin auf meinem Schloss gehabt", scherzt er. „Wohl dann, wertes Fräulein, würden Sie mich geleiten", albert er und legt Kyras Hand an seinen Arm. Und Kyra ist schockverliebt. Sie bleibt den ganzen Tag in seiner Nähe. Und Mario will es auch nicht anders. Er genießt ihre Gegenwart. Zeigt und erklärt ihr alles. Füttert mit ihr die Welpen. Joy ist ein bisschen eifersüchtig. Sie wollte doch die Zeit mit Kyra verbringen. Doch sie tröstet sich damit, noch viel Zeit mit ihr zu haben. Dimitri hat sich mit Beth unterhalten. Es gibt keine Möglichkeit mehr. Beth hat nur noch wenige Wochen. Sie wird mit Kyra die letzte Zeit bei Joy und Dimitri bleiben, damit sich Kyra einlebt. Beth unterschreibt alle Verfügungen, die nötig sind. Doch sie bittet darum, dass sie Kyra im richtigen Moment die Wahrheit sagt.

Dimitri und seine Anwälte helfen beim Umzug. Es werden nur die wichtigsten Dinge nachgeschickt. Kyra wird nichts vermissen. Sie hat keine Freunde. Alle halten sie für eine Streberin und mobben sie. Beth hat sie immer wieder aufgebaut, wenn sie wieder mal eine Freundin sitzen ließ. Dass ihre Klugheit irgendwann etwas Wunderbares ermöglichen würde. Sie müsste nur warten. Kyra lernt gerne und fleißig. Joy wird immer stolzer. Schön und klug. Während ihres Gespräches kommt Kyra immer wieder und erzählt über neue Erlebnisse. Es gibt so viel zu sehen und zu tun. Sie packt mit an. Hat keine Scheu. Mario ist fasziniert von ihr. Er vergleicht Joy und Kyra. Beide sind extrem tierlieb. Doch Kyra ist wissensdurstiger. Fragt viel. Ist sachlicher. Sie ist völlig ausgelassen. Sie essen, reden, lernen sich kennen. Hobbys. Filme. Musik. Kyra setzt sich neben Mario. Joy merkt, was passiert. Ist beunruhigt.

Ein wunderbarer Tag geht zu Ende. Dimitri fährt Beth und Kyra zurück ins Hotel. Kyra winkt Mario zu. Im Hotel geht sie duschen und setzt sich im Bademantel auf das Bett. „War das schön", schwärmt sie.

Beth nimmt sie in den Arm. „Wir bleiben hier", sagt Beth und streichelt über Kyras Haar. „Ab morgen wohnen wir bei Joy und Dimitri. Dann kannst du jeden Tag ins Asyl." Kyras Augen strahlen vor Freude. Doch nicht nur wegen der Tiere. Sie ist in Mario verliebt. Und das schon seit dem ersten Video, das sie von Joy und ihm sah. Da hat sie sich entschlossen, Tierärztin zu werden und hierherzufliegen. Kyra erzählt bis zum Einschlafen von den

Tieren. Was sie alles erlebt hat. Beth ist erschöpft. Doch sie gibt sich Mühe, Kyras Erzählungen zu folgen.

Am nächsten Morgen holt Dimitri sie ab. Unterwegs zeigt er ihnen noch Sehenswürdigkeiten. Dann fährt er mit ihnen zum Asyl. Joy dreht ein neues Video. Kyra guckt gespannt zu. Mit Erlaubnis von Beth darf sie verpixelt mit ins Video. Kyra strahlt. Einen Welpen im Arm und Mario neben sich. Sie soll kindliche Verantwortung aufzeigen. Und so wird es auch im Video eingebaut. Immer wieder mit Aufklärung und Hinweisen, ein Kind nicht mit der Verantwortung eines Lebewesens allein zu lassen. Kyra genießt es, ein Star zu sein. Lächelt viel. Alle erkennen die Ähnlichkeit der beiden. Doch Joy hat alle eingeschworen, dichtzuhalten, zum Schutz des Kindes. Sie stellt Kyra als entfernte Cousine im Netz vor. Beth stimmt zu.

Dimitri kümmert sich um Beth. Er sieht es ihr an. Sie kämpft um jede Minute. Er holt sich Hannah zu Hilfe. Hannah ist eine sehr mütterliche, fürsorgliche Person. Die Frauen freunden sich sehr schnell an. So hat Joy mehr Zeit für Kyra. Sie reiten aus. Spazieren mit den Hunden und Mario am Strand entlang. Lassen sich alles von ihm erklären. Vegetation und Tierwelt. Dimitri ist zwar ein wenig eifersüchtig, doch er hat ein Unternehmen zu leiten. Gleichzeitig die Aufträge für Joys Werbevideos und die Bauarbeiten ihres Asyls zu beaufsichtigen und zu organisieren. Abends fahren die vier zum Strandhaus. Joy zeigt ihnen das Erkerzimmer. Kyra staunt. Rennt zum Fenster. Sieht auf das Meer. Völlig aufgeregt rennt sie von einem Raum zum anderen.

„Bitte sei vorsichtig", ruft Beth ihr nach.

„Alles gut", lacht Dimitri. „Man kann alles ersetzen. Viel wichtiger ist es, dass sie sich wohlfühlt", lächelt er.

Beth stimmt ihm zu. Sie ist sehr von ihm beeindruckt. Fühlt, dass Kyra bei ihnen sicher ist. Das gibt ihr viel Ruhe. Beth wird das zweite Zimmer angeboten, wenn sie allein schlafen will, doch Beth lehnt ab. Sie will solange wie möglich mit Kyra zusammen sein. „Wunderschön ist es hier", sagt Beth. „Jetzt bin ich mir sicher, dass alles gut werden wird." Sie drückt Dimitris Hand.

„Ihr wird es an nichts fehlen, das verspreche ich", sagt er sanft. Er sieht ihr die Qualen an.

Joy zeigt noch alle Räumlichkeiten. Legt im Bad Mäntel und Handtücher für beide bereit. Kyra rennt die Treppe rauf und runter. Ist völlig aufgedreht. Joy muss lachen. „Komm", sagt sie, „lass uns das Abendbrot vorbereiten." Sie gehen in die Küche. Kyra lernt einheimische Früchte und traditionelle Essenskultur kennen. Dimitri und Beth sehen die zwei am Tresen stehen. Beth nimmt seine Hand und drückt sie. Er hält ihre fest. Selbst von hinten sehen Joy und Kyra gleich aus. Nach dem Abendbrot ziehen sich alle zurück. Das war ein sehr aufregender Tag. Alle sind angespannt und erschöpft.

Joy liegt in Dimitris Arm. „Ich danke dir", flüstert sie. „Ich stehe für immer in deiner Schuld."

Er legt sich auf sie. „Nichts schuldest du mir", sagt er sanft. „Du bist das Beste, was mir je passiert ist. Du machst mich unendlich glücklich. Wir werden eine Familie. Kyra ist so wundervoll. Sie macht mir sehr viel Spaß und Freude. Ich werde euch mit all meiner Macht lieben und beschützen." Ganz leise und sanft lieben sie sich. Er muss ihr öfter den Mund zuhalten, weil die Gefühle sie überwältigen.

Am nächsten Morgen geleitet Dimitri Beth zu einer Liege auf dem Steg. Holt Getränke. „Kyra, komm bitte mal her", sagt Beth. Kyra kniet neben ihr. Beth nimmt ihre Hand. „Hör mir bitte aufmerksam zu", fordert Beth sie auf. „Kyra, ich bin sehr krank. Und ich muss diese Welt bald verlassen. Nichts kann mich davor bewahren. Ich möchte, dass du bei Dimitri und Joy bleibst. Du wirst es hier gut haben. Sie haben mir versprochen, dir alles zu geben. Und ich möchte dich bitten, bei ihnen genauso fleißig und lieb zu sein, wie du es bei mir bist. Versprich es mir", fordert Beth. Kyra weint. Schluchzend nickt sie. Dann lehnt sie sich an Beths Brust. Sanft streichelt Beth ihren Kopf.

Dimitri stand auf der Terrasse und hat zugehört. Er wartet etwas, dann geht er zu ihnen. „Wollen wir mit meiner Jacht rausfahren? Vielleicht sehen wir Delfine", versucht er sie abzulenken.

Beth wischt Kyras Tränen weg. „Das hört sich spannend an", sagt sie. „Noch habe ich etwas Zeit und die will ich mit dir genießen." Kyra nickt.

„Kyra, bist du so lieb und sagst Joy Bescheid. Sie möchte uns Essen und Trinken einpacken", bittet Dimitri. Kyra geht zu Joy. Joy hat Kyras verweintes Gesicht bemerkt. Streichelt über Kyras Schulter und bietet ihre Hilfe an. Doch Kyra schweigt. Sie füllen den Korb, als hätten sie es schon immer getan. Ergänzen, was fehlt, bis es perfekt ist.

Dimitri hält Beths Hand. „Ich sage es ihr, bald", verspricht Beth. Dimitri hilft ihr hoch und führt sie zum Auto.

Joy kommt mit Kyra dazu. Während der Fahrt versucht Dimitri, Sehenswürdigkeiten und die schönsten Buchten zu zeigen. Doch Kyra liegt in Beths Arm. Klammert sich an sie. Joy sieht es im Spiegel. Ahnt, was passiert ist. Joy drückt Dimitris Hand. Kyra bleibt an Beths Seite, während Dimitri ihr auf die Jacht hilft. Joy geht mit dem Korb hinterher. Sie setzen Beth auf die Liege und Dimitri bittet Kyra, ihm zu helfen. Er zeigt ihr, wie man die Leinen löst. Dann nimmt er sie mit zum Führerhaus. Lässt sie, wie Joy damals, das Steuer übernehmen. Kyra ist abgelenkt. Will alles wissen und Dimitri erklärt es ihr gerne. Er genießt ihre Neugier. Beth und Joy sitzen an Deck. Sehen schweigend aufs Meer.

„Ich wusste es nicht", sagt Beth plötzlich. „Er kam mit dem Kind und ich war so glücklich, weil ich keine kriegen kann. Ich wusste nicht, dass er zu so etwas fähig war. Ich schäme mich zutiefst, ein Leben mit ihm geteilt zu haben. Es tut mir wirklich leid."

Joy sieht sie an. Sie will sie hassen, doch Beths Augen sind voller Traurigkeit. Und Joy glaubt ihr. Sie kann sich nicht vorstellen, dass sie ihre Seele kurz vor dem Ende mit einer Lüge belasten will. Sie nimmt Beths Hand. „Es wird schwer für mich, in deine Fußstapfen zu treten. Du hast ihr so viel Liebe gegeben. Sie ist so ein tolles Mädchen. Gut erzogen und intelligent. Ich danke dem Schicksal, dass du sie bekommen hast", sagt Joy versöhnlich.

Beth zieht sie zu sich, legt Joys Kopf an ihre Brust. Streichelt ihr Haar. „Du machst das", sagt sie. „Das Band, das euch verbindet, wird so stark sein, dass nichts schiefgehen kann. Du hast so lange auf sie warten müssen. Das muss der Himmel belohnen. Nur bitte sag es ihr noch nicht. Erst wenn sie meinen Tod überwunden hat", bittet Beth. Joy nickt. Dann gibt Beth Joy einen Kuss auf die Stirn. Joy muss weinen. Schnell geht sie zur Toilette und macht sich frisch. Atmet tief durch. Ihre Gefühle sind ein einziges Chaos. Eben noch gehasst. Jetzt voller Mitleid. Sie muss sich sortieren. Dimitri hat den beiden vom Führerhaus zugesehen. Er weiß, dass alles gut wird. Joy braucht nur etwas Zeit. Kyra darf noch eine Weile über das Meer fahren, doch leider zeigt sich kein Delfin. Dimitri verspricht, mit ihr so viele Whale Watching Touren zu fahren, bis sie einen gesehen hat. Kyra lächelt wieder. Gemeinsam picknicken sie auf Deck. Dimitri holt sich von Beth die Erlaubnis, Ausflüge mit Kyra zu gestalten. Selbstverständlich auch welche, an der Beth teilnehmen kann. Er holt alle Broschüren. Erklärt, was angeboten wird. Kyra ist Feuer und Flamme. Vor allem das Tauchen zu den Delfinen hat sie gefesselt. Nach Stunden fahren sie zurück. Essen noch zusammen Abendbrot, dann geht Beth mit Kyra aufs Zimmer.

Joy liegt in Dimitris Arm. „Ich hoffe, dass wir unser Kind auch so gut hinkriegen", sagt er plötzlich. „Bildschön und intelligent."

„Das werden wir wohl üben müssen", flüstert Joy und küsst ihn zärtlich. Sie fordert ihn streichelnd. Er hält ihr den Mund zu. Küsst sie während der Stöße. Es sind zwar Zimmer zwischen ihnen und den Gästen, doch er riskiert nichts.

Am nächsten Tag muss Joy zum Dreh ins Asyl. Kyra darf sie begleiten. Dimitri und Beth erstellen einen Ausflugsplan. Sie soll so viel wie möglich mit Kyra unternehmen. Sie überlegen, was Beth noch machen kann. Mario hat neue Tiere bekommen. Diesmal Esel. Sie sind alt und verbraucht. Bei Mario dürfen sie ihren Ruhestand genießen. Kyra striegelt sie. Bemerkt ihre Wunden. Mit Mario zusammen verarztet sie die Tiere. Mario und Kyra arbeiten Hand in Hand. Als hätten sie es schon immer getan.

Wie eine OP-Schwester reicht Kyra ihm alles zu. Immer wieder lächeln sie sich zu. Und dann Marios Augenzwinkern.

Joy bemerkt das. Sie nimmt ihn bei einer passenden Gelegenheit zur Seite. „Merkst du eigentlich, was hier passiert?", fragt sie aufgeregt. „Sie sucht deine Nähe."

„Würdest du mir glauben, dass ich auch so empfinde? Ich möchte sie bei mir haben", sagt Mario.

Joy ist geschockt. „Du hast mir das Herz gebrochen, ihres kriegst du nicht!", sagt sie ernst. „Ich will nicht, dass sie solche Schmerzen ertragen muss. Halt dich von ihr fern, sonst hetz ich dir Dimitri auf den Hals." Dann geht sie, bevor sie sich vergisst.

Nach den Dreharbeiten fährt sie mit Kyra zurück. Kyra bettelt zwar, bleiben zu dürfen, doch Joy erklärt ihr, das Beth und Dimitri mit den beiden zur Schildkrötenauffangstation „La Tahonilla" wollen. Sie ziehen sich um und fahren dorthin. Kyra lässt sich alles genau erklären. Ihre Neugier begeistert die Forscher. Kaum ein junger Mensch stellt wichtige Fragen zum Natur- und Artenschutz. Beth darf sogar eine Babyschildkröte halten. Dimitri macht viele Fotos und Videos für Kyra. Sie werden bald gebraucht. Beth erfährt die Mythologie der Schildkröte.

Kraft und Vertrauen
Folge deinem Herzen in Ruhe

Beth ist ergriffen von den Worten. Sie sieht einen Souvenir-Shop. Kauft einen schillernd bunten Schildkrötenanhänger. Nimmt ihre eigene silberne Kette vom Hals. Verbindet beide Teile und legt sie Kyra um. Und Kyra versteht. Sie küsst Beth. Zusammen erleben sie wunderschöne Stunden. Ganz intensiv. Hände haltend. Kuschelnd. Eis essend am Strand. Den Wind in ihren Haaren. Dimitri und Joy sehen den beiden mit etwas Abstand zu. Dimitris Handy vibriert. Joy bekommt eine Buchung. Noch einmal auf Fuerteventura. Sie nehmen Beth und Kyra mit. Joy schenkt ihnen ihren Wellnessgutschein vom ersten Auftrag. Dimitri übernimmt die Kosten für Kyra. Und Beth und Kyra genießen es. Maniküre. Pediküre. Schlammbäder. Massagen. Friseur und Kosmetik. Sie lachen und albern. Zwei Tage lassen sie sich verwöhnen. Joy und Dimitri nehmen sich eine Suite. Sie haben einiges nachzuholen. Seitdem sie Gäste haben, sind sie nicht mehr ausschweifend frei gewesen. Sie gönnen sich ein Whirlpool-Bad und Champagner mit Erdbeeren. Dimitri genießt die Früchte an und in Joys Körper. Bringt sie um den Verstand. Und auch Joy spielt mit ihm. Bis er es nicht mehr aushält. Im Schein des Kaminfeuers ergießt er sich in ihr. Am nächsten Tag soll Joy die Buggy-Tour durch die Dünen mitmachen und anpreisen. Sie nimmt die anderen als Anschauungsmaterial mit. So wirkt es wirklich wie im Urlaub. Mit anschließendem Picknick und Baden im Meer. Dimitri albert mit Kyra im Wasser. Als würden sie sich schon immer kennen. Keine Scheu. Beth sitzt am Strand und sieht den beiden zu. Lacht. Freut sich über Kyras Glück. Sie wird ein wunderschönes Leben haben. Joy dreht wieder perfekt. Sie gesellt sich nach Drehabschluss zu Beth. Nimmt ihre Hand. So sitzen sie eine Weile. Ausgepowert kommen Dimitri und Kyra lachend dazu. Alle zusammen picknicken. Etwas später fahren sie zurück. Sie wollen noch eine Whale Watching Tour machen. Doch leider sind wieder keine Delfine zu sehen. Dimitri lenkt sie mit einem Ausflug zum Oasis Zoo ab. Auch hier macht er eine Menge Fotos und Videos von den beiden. Pfleger lassen sie auch Tiere anfassen und streicheln. Dimitri hat die Situation über Beths Gesundheitszustand kurz erklärt. Alle genießen einen wunderschönen Tag. Gleichzeitig lernt Joy etwas über den Zoo, denn sie könnte es vielleicht für einen Auftrag gebrauchen. Zurück auf Teneriffa fahren sie zum Loropark. Sie sehen beim Schlüpfen eines Papageis zu. Kyra darf ihm einen Namen geben. Dimitri übernimmt die Patenschaft.

„Bunto, abgeleitet von bunter Vogel, wenn es okay ist?", fragt Kyra. So wird es eingetragen. Noch ein Foto von ihr, Beth und dem Vogelbaby. Dann geht es weiter.

Es ist zwar ein sehr schöner und großer Park, doch Kyra ist traurig über die gefangenen Delfine. Sie möchte sie frei sehen.

Große Wildtiere, egal welche Art, sollten nicht eingesperrt sein. Wenn dann nur in Freigehegen. Serengeti- oder Safariparks. Wo Tiere artgerecht leben und wandern können. Wassertiere brauchen die Weite. Müssen schwimmen können. Nicht nur zwei Meter. Vor allem wandernde soziale Tiere wie Delfine und Orcas. Kyra kann und will es nicht genießen. Sie wendet sich angewidert ab.

Dimitri spricht mit Beth. Er möchte mit Kyra tauchen gehen. Er selbst hat alle Scheine und passt gut auf. Beth stimmt zu. Dimitri nimmt Kyra zur Seite. „Ich fahre morgen mit dir zum Tauchen. Dann kannst du hoffentlich endlich Delfine sehen. Und wenn nicht morgen, dann irgendwann, okay?", verspricht er. „Und jetzt lass uns noch den Rest des Parks ansehen. Mama zuliebe." Er sieht sie eindringlich und doch lieb an.

Kyra erkennt ihr egoistisches Verhalten. Geht zu Beth und nimmt ihre Hand. Geht mit ihr weiter und tut, als würde es ihr gefallen.

Joy ist fasziniert von Dimitri. Er hat so ein gutes Gespür für Situationen. Wie und was er tun muss. Zuerst bei ihr und jetzt bei Kyra. „Du weißt gar nicht, wie sehr ich dich liebe", sagt sie ihm, als sie allein sind. Und sie zeigt es ihm. Er darf nichts tun. Nur sie verwöhnt ihn, bis zum Schluss.

Am nächsten Tag fährt er mit Kyra zur Taucherschule. Ruckzuck hat das Mädchen alle Regeln drauf. Und ihr Fleiß wird belohnt. Delfine kommen ganz nah an sie heran. Sie kann sogar welche streicheln. Kyra ist überglücklich. Dimitri hat eine Unterwasserkamera dabei. Aufgeregt erzählt sie Beth und Joy beim Abendbrot von ihrem Erlebnis. „Selbst die Meeresbiologen waren hingerissen", berichtet Dimitri. „Sie haben noch nie so eine Innigkeit zwischen wilden Delfinen und einem Taucher gesehen. Du bist was ganz Besonderes", sagt er stolz zu Kyra.

„Darf ich morgen wieder zu Mario? Ich möchte es ihm erzählen", fragt sie.

Joy ärgert sich innerlich. Doch sie sieht Beth an und die stimmt zu. Am nächsten Morgen ist Kyra als Erste wach. Sie hat Frühstück gemacht.

„Wir müssen dich bei der Schule vorstellen, sagt Joy. Es ist bald wieder so weit."

„Aber danach fahren wir zu Mario", sagt Kyra bestimmt.

Alle vier fahren in die Stadt. Dimitri übersetzt. Beth unterschreibt alles und erteilt auch gleichzeitig Vollmachten. Erklärt dem Schulleiter ihre Situation, damit er, wenn der Tag kommt, Kyra freigibt. Die Schule lässt sich Kyras Zeugnisse schicken. So können sie sie richtig einstufen. Kyra liebt Naturwissenschaften. Sie wird für Projekte vorgemerkt. Dann fahren die vier Kleidung für sie kaufen. Dann hat Kyra keine Lust mehr. Bettelt, zum Asyl zu fahren. Joy setzt Dimitri und Beth zu Hause ab.

Endlich fahren sie zu Mario. Seine Augen leuchten, als er Kyra sieht. Und Kyra rennt mit wehenden Haaren zu ihm. Umarmt ihn. Er geht ganz sachlich mit Kyra um. Zeigt und erklärt ihr alles. Kyra erzählt ihm von ihren Erlebnissen. Mario hört, beim Ausmisten zu. Fragt auch mal interessiert.

„Darf ich meinen Geburtstag hier feiern?", fragt sie. Joy hat das total vergessen. Sie selbst hat ja in zwei Tagen Geburtstag. Und Kyra eine Woche später.

„Natürlich darfst du", antwortet er. „Es wird eine tolle Feier werden. Ich sorge dafür."

Kyra strahlt ihn an. Dann gehen sie gemeinsam über den Hof. Kyra nimmt, wie selbstverständlich, seine Hand. Schlendernd planen sie alles. Joy sieht ihnen hinterher. Sie weiß, sie hat verloren. Gegen Liebe kann man nichts machen. Sie sucht bei Gelegenheit noch einmal das Gespräch mit Mario.

„Wenn du es wirklich ernst meinst, dann warte, bis sie 16 ist. Gib ihr die Gelegenheit, Jungs in ihrem Alter kennenzulernen. Nimm ihr nicht die Jugend. Wenn sie sich dann für dich entscheidet, bin ich dafür."

Mario nickt zustimmend. Joy bekommt eine Buchung. Sie soll am nächsten Tag auf Gran Canaria drehen.

Gran Canaria

Sie fährt mit Kyra zurück. Packt ihre Sachen. Die anderen begleiten sie. Sie sind in einem Sternehotel untergebracht. Joy soll die Sehenswürdigkeiten präsentieren. Im Kolumbusmuseum geben sie einen groben Einblick in das damalige Reisen und Erobern. Auch in die erschreckenden Tatsachen, den Sklavenhandel. Bilder untermauern diese Zeit. Kyra ist beeindruckt. Ihre Augen füllen sich mit Tränen. Dimitri erklärt es ihr. „Auch wenn diese Bevölkerung und deren Sklavenhandel aus heutiger Sicht unmoralisch war, so hat sie doch Nationen hervorgebracht. Allein Amerika ist ja nur durch diese Zeit entstanden. Heute eines der wichtigsten Länder und Kämpfer für Menschenrechte. Man kann die Vergangenheit nicht ändern. Nur daraus lernen", sagt er zum Schluss und drückt sie an sich. Sie gehen weiter. Kyra ist schwer begeistert von den Hundeskulpturen auf dem Plaza de Santa Ana. Beth zieht es in die Kathedrale. Joy spürt ihr Verlangen, Frieden zu finden. Sie bittet Dimitri, mit Kyra Eis essen zu gehen. In der Kathedrale zündet sie eine Kerze an. Setzt sich mit Beth auf die erste Bank und betrachten die ehrfürchtige Einrichtung. Joy hält Beth an der Hand.

„Ich danke dem Schicksal", sagt Beth. „Sie wird es so gut bei euch haben. Sie hat noch nie so gelächelt und gelacht. Wie sie mit Dimitri umgeht, das ist so frei und wunderbar. Sie hatte nie einen Vater und jetzt kann sie sich keinen besseren wünschen. Und du wirst ihr die Freundin sein, die sie nie hatte. Ihr seid zur richtigen Zeit gekommen. Jetzt kann ich beruhigt gehen", sagt Beth dankbar und ehrfürchtig. Joy drückt ihre Hand. Sie sitzen noch eine Weile, dann gehen sie zu Dimitri und Kyra. Sie schlendern noch durch das Yumbo-Centrum. Joy hat wieder alles perfekt präsentiert. Das Filmteam zieht sich zurück. Schneidet einzelne Abschnitte zusammen. Auch das Anzünden der Kerze in der Kathedrale. Kyra steht mit den Füßen in einem Brunnen. Dimitri tut es ihr gleich. Joy springt dazu. Dann bespritzen sie sich gegenseitig. Beth sitzt auf der Bank und lacht. Filmt die drei mit ihrem Handy. Am Strand spazieren sie sich trocken. Beth ist erschöpft. Dimitri bringt sie ins Hotel.

Joy macht mit Kyra eine Bootstour. An der Reling stehend, fragt sie Kyra: „Wie findest du Mario?"

„Er ist toll", schwärmt Kyra. „Erklärt mir alles. Zeigt mir alles." Und sie sieht verliebt auf das Meer.

Joy nimmt die Rolle der großen Schwester an. „Weißt du alles über Sex?", fragt sie leise.

„Ich habe viel darüber gelesen", sagt Kyra. Fortpflanzung und Entstehung von Leben", antwortet sie sachlich.

„Ich fahre mit dir zum Frauenarzt, damit du vorbereitet bist. Denn fortpflanzen willst du dich ganz bestimmt nicht so früh. Du kannst mich alles fragen. Ohne Tabus. Es ist wichtig, dass du weißt, welche Verantwortung Sex bedeutet", sagt Joy und hält ihre Hand. Kyra nickt.

Im Hotel erzählt Joy Beth von dem Gespräch. Holt sich die Erlaubnis von ihr, mit Kyra zum Frauenarzt zu fahren. Selbstverständlich stimmt Beth zu. Obwohl sie gern ihr kleines Mädchen behalten will, muss sie einsehen, dass Kyra zur Frau wird. Nichts ist wichtiger als sie vor Unheil zu bewahren. Joy macht einen Termin. Bittet Kyra, sich über die Untersuchung zu belesen. So ist sie besser vorbereitet.

Am nächsten Morgen wacht Joy in einem Zimmer voller Blumensträuße auf. Es duftet herrlich. Auf dem Bett liegt eine Schachtel. Sie packt sie aus: Arbeiterlatzhose und Top. Dazu Stiefel. Sie wundert sich. Ein Brief: „Zieh es an und komm nach unten, Dimitri." Sie tut es.

Vor dem Hotel steht er mit Kyra und Beth. Alle ebenfalls in Arbeitskleidung. Joy wundert sich. Dimitri küsst sie kurz und setzt sie ins Auto. Kyra und Beth steigen lachend hinten ein. Er fährt mit ihnen zum Helikopterflugplatz. Dort steigen sie in einen Helikopter ein und fliegen nach Fuerteventura rüber. Drehen noch eine Runde über Joys Tierasyl. Joy sieht die ganzen Bauten. Sie staunt und erklärt es Kyra und Beth. Wo was hinkommt. Dann landen sie direkt auf dem Hof. Dimitri hilft den Frauen beim Aussteigen. Joy guckt sich fasziniert um. Es ist alles genau so, wie sie es geplant haben. An der Tür des Hauses ist ein rotes Band. Kyra gibt Joy eine Schere. Joy schneidet das Band durch. Öffnet die Tür. Und es haut sie um. Alles ist für die Behandlung von Tieren eingerichtet. Wartezimmer. Rezeption. Behandlungsräume und Medizinschränke. Joy laufen die Tränen. Dimitri nimmt sie an die Hand. Zieht sie auf den Hof zum Eingang. Gibt ihr eine Schaufel.

„Leg den Grundstein für dein Paradies", befiehlt er zärtlich. Sie soll das Loch für das Willkommensschild graben.

Beth filmt alles. Und Joy gräbt mit Tränen im Gesicht. Gleichzeitig lächelt sie. Drei-, viermal, dann nimmt er ihr die Schaufel weg.

„Alles Liebe zum Geburtstag", sagt er zärtlich und wischt ihr die Tränen vom Gesicht. Und jetzt weint sie erst recht. Liegt ihm schluchzend im Arm. Dann küsst sie ihn sanft. Kyra umarmt sie beide. „Ich werde Tierärztin und helfe dir", verspricht sie. „Wenn es eine kann", sagt er, „dann du." Und Joy sieht Beth an. Ihr Glück ist perfekt. Und Beth nickt. Sie gehen gemeinsam über den Hof. Dimitri zeigt ihr alles. Er hat auch schon Personal eingestellt. Bauunternehmen. Sicherheitsleute.

„Dort drüben könnte man eine Hundeschule hinbauen", sagt Kyra. „Mit Spielplätzen." Joy lässt es sich von ihr erklären. Auch Kyra kann mit Händen und Vorstellungen überzeugen. Ganz die Mama.

„Sehr gute Idee", bestätigt Joy. „Hast du Lust, einen Plan zu erstellen?"

Kyra strahlt. „Und wie", lächelt sie.

Es ist fast alles fertig. Dimitri rechnet noch mit einem Monat, dann kann es losgehen. Joy nimmt in den folgenden Tagen Videos auf, um ihr Unternehmen anzupreisen. Doch jetzt erwartet sie erst mal noch eine Überraschung. Dimitri fliegt mit ihnen zur Finca. Hannah und Kosima haben alles vorbereitet. Der ganze Hof ist voller Gäste. Joy lacht. Alle sind in Arbeitskleidung. Jeder hat ein symbolisches Geschenk mitgebracht. Steine in Geld eingepackt. Eimer in jeder Größe, gefüllt mit Sand und Kleingeld. Und noch ganz viele besondere Geschenke. Joy ist überwältigt. Hannah und Kosima nehmen sie in den Arm. Sie haben sich lange nicht gesehen. Geben ihr Wangenküsse. Dimitri hat wegen Kyra und Beth um Zurückhaltung gebeten. Und Joy strahlt.

Mario ist da. Er geht mit einem Welpenpärchen auf sie zu. „Chacha wird sich freuen, wenn du ihnen ein Zuhause gibst", sagt er liebevoll.

Joy küsst ihn auf die Wange. „Von Herzen gern", sagt sie lächelnd. Legt sich die Welpen auf den Schoß. Streichelt sie. Dann setzt sie die Kleinen in ein vorbereitetes Gehege, denn sie muss sich auch um ihre Gäste kümmern. Dimitri führt Beth und Kyra herum. Stellt sie den Gästen als Mutter und Tochter vor, damit es keine Probleme gibt. Kyra lernt sehr wichtige Menschen kennen. Und Dimitri schwärmt vor ihnen über sie. Ihren Wissensdurst und ihre Intelligenz. Ihren Wunsch, Tierärztin zu werden.

Und Kyra wird von allen bestaunt und verwöhnt. Dimitri übersetzt, was sie nicht versteht.

Joy geht ins Haus. Erklärt Hannah und Kosima noch einmal die Situation. Kyra darf auf keinen Fall jetzt schon die Wahrheit erfahren. Es könnte sie überfordern. Sie ist eine entfernte Cousine, falls gefragt wird. Und genau das passiert. Die Ähnlichkeit von Joy und Kyra verwirrt die Gäste. Die beiden Frauen erklären mit der Notlösung und übernehmen die Fürsorge für Beth. Bleiben an ihrer Seite. Umsorgen sie. Kyra spielt mit den Welpen. Mario setzt sich dazu. Sagt ihr, worauf sie achten soll.

„Wie sollen sie heißen?", fragt er.

„Wenn es nach mir ginge, Desi und Tino", sagt sie.

Joy gesellt sich dazu. „Wieso diese Namen?", fragt sie.

„Weil das Schicksal", hat Mama gesagt, „uns zu euch geführt hat und Schicksal auf Spanisch destino heißt."

Joys Augen füllen sich mit Tränen und Mario nimmt ihre Hand. „Ja, das stimmt", sagt Joy leise und räuspert sich. „Desi und Tino", stimmt sie beherzt nickend zu. Mario sieht es Joy an. Ihre Liebe. Sie würde Kyra so gern in den Arm nehmen und ihr die Wahrheit sagen, doch sie darf es noch nicht. Die drei sitzen zusammen. Lachen und sehen sich gegenseitig voller Liebe an. Dimitri sieht das. Es gefällt ihm nicht. Er fordert Joy höflich auf, ihm zu folgen. Dann hält er eine Rede. Hebt ihre Liebe zu den Tieren hervor. Bekundet seine zu ihr. Küsst sie vor allen. Die Feier beginnt. Es wird gegessen und getanzt. Jeder will auch mit Kyra tanzen. Sie fühlt sich richtig erwachsen. Dann nimmt Mario sie an den Händen. Und Kyra ist wie hypnotisiert. Seine Augen sagen alles. Sie nimmt nichts mehr wahr. Ihr Herz klopft wie verrückt. Es wird spät. Dimitri und Joy verabschieden sich. Bringen Beth und Kyra zum Strandhaus. Hannah fährt hinterher. Sie kümmert sich um die erschöpfte Beth. Dimitris Jungs halten Wache. Dimitri fliegt mit Joy zurück ins Hotel auf Gran Canaria. Er hat alles vorbereiten lassen. Den Innen-Pool des Hotels nur für sie zwei gemietet. Nackt und unbeschwert genießen sie sich im Wasser, am Beckenrand. Wieder tauchen sie in Zweisamkeit. Tanzen küssend unter dem Wasser. Alles um sie herum vergessend. Stundenlang lieben sie sich. Zärtlich streichelnd und auch wild vor Gier. Ruhen noch ein wenig am Beckenrand, bevor sie sich wieder anziehen. Dimitri zieht eine Kette aus seinem Bademantel. Legt sie ihr um. Eine goldene Kette mit Medaillon. Diamantenbesetzt.

„Öffne es", flüstert er.

Joy tut es. Es ist eine goldene Haarlocke darin. „Beth hat sie mir gegeben. Es sind die ersten Haare von Kyra." Joys Augen füllen sich mit Tränen. „Und die ersten unseres Kindes legst du dazu", sagt er sanft.

„Ich liebe dich so sehr", schluchzt sie. Weinend überflutet sie ihn mit Küssen. Im Hotelzimmer verwöhnen sie sich die ganze Nacht bis zur totalen Erschöpfung. Am nächsten Morgen sitzen sie auf dem Balkon und frühstücken. Besprechen Kyras Geburtstag. Bevor Kyra wieder zur Schule muss, möchte Joy mit ihr durch den Lorbeerwald und auf den Berg auf La Gomera wandern. Dann noch eine Whale Watching Fahrt machen. Sie meldet sich bei Mario ab. Er soll drei Tage alleine drehen, weil sie mit Kyra nach La Gomera will. Dimitri und Joy holen Beth und Kyra. Fahren mit der Fähre zur Insel La Gomera. Sie haben Glück. Wale sind in der Ferne zu sehen. Beth hält sich krampfhaft an der Reling fest. Es geht ihr schlechter. Doch sie will jede Sekunde erleben. Dimitri stützt sie galant an seinem Arm. Kümmert sich um sie. Joy geht mit Kyra überall hin. Sie haben sich Ferngläser mitgenommen. Juchzen beim Auftauchen von Walen und Delfinen. Kyra strahlt vor Freude. Während der Wandertour bleibt Dimitri mit Beth im Ort. Sie sehen sich das Kolumbusmuseum an. Essen im Strandrestaurant und entspannen am Strand. Sie unterhalten sich. Beth erinnert sich an damals. Sie entlastet ihre Seele. Dimitri hört geduldig zu. Er hat keine Vorurteile. Hält ihre Hand.

„Nun ist ja doch noch alles gut geworden", sagt er beschwichtigend. „Sie wird es gut haben und Joy wird all ihre Liebe nachholen."

Beth nickt, mit Tränen in den Augen. Drückt seine Hand und lächelt.

Joy und Kyra sind im Lorbeerwald angekommen. Sie gehen Hand in Hand den Wanderweg entlang. Unterhalten sich über Mario. Kyra würde ihm gern näherkommen und fragt, wie sie sein Interesse wecken kann. Joy nutzt die Gelegenheit und beantwortet alle ihre Fragen. Bei so einem Thema darf es keine falsche Scheu geben. Joy will nicht, dass Kyra unvorbereitet schwanger wird. Sich ihre Zukunft damit verbaut. Schließlich will sie Tierärztin werden. Sie zeigt ihr aber auch die Möglichkeit auf, Gleichaltrige kennenzulernen. Dass die pubertäre Entwicklung sehr wichtig ist. Kyra hört zwar zu, doch ihr Entschluss steht fest. Mario und sonst keiner soll ihr Erster und Letzter sein. Sie wird Tierärztin und leitet mit ihm zusammen das Asyl. Ihre Gedanken sind nur bei ihm. Sie kommen an den Weg, der auf den Berg führt. Setzen sich und machen eine Pause.

„Na, schon kaputt?", hören sie eine Stimme fragen.

Kyra schreckt hoch. Mario steht vor ihr. Lächelt sie an. Er ist ihnen gefolgt. Er weiß, wie engstirnig Joy ist, aber auch wie gefährlich die felsigen Wege sind. Kyra strahlt ihn an.

„Ich pass lieber auf meine absoluten Lieblingsfrauen auf", grinst er und sieht Kyra direkt in die Augen. Dann zu Joy. „Ich kenne die Berge. Die sind nichts für Anfänger", erklärt er. Joy nickt. Die drei gehen gemeinsam los. Mario gibt ihnen Wanderstöcke, mit denen sie loses Geröll erkennen können. Gleichzeitig erklärt er die Vegetation. Dann passiert es. An einem Felsvorsprung rutscht Kyra ab. Joy kreischt. Doch Mario fängt sie auf. Drückt sie fest an sich. Kyra zittert vor Schreck.

„Keine Angst, ich halte dich, immer", flüstert er und küsst ihre Nasenspitze. Kyra schmiegt sich an seinen Hals.

Auf der Aussichtsplattform angekommen genießen sie die einzigartige Schönheit. Kyra bittet Joy, ein Foto von ihr und Mario zu machen. Sie stehen sich gegenüber. Ihre Blicke ineinander vertieft. Hände haltend. Sie sind verliebt. Und Joy erkennt es und muss es akzeptieren. Er hat sie auch gemocht, doch so hat er sie nie angesehen. Es wird das schönste Bild von den beiden. Mario lässt es später entwickeln und in seinem Haus an die Wand hinter dem Bett malen. Die zwei, dahinter das wolkenverhangene Tal und in der Ferne das Meer. Ein Paar, das im Himmel tanzt. Grenzenlose Liebe.

Sie gehen langsam zurück. Kyra lässt seine Hand nicht mehr los. Im Ort staunt Dimitri über Marios Anwesenheit. „War schon richtig", sagt Joy. „Ich habe mich wieder mal selbst überschätzt. Ich bin Mario sehr dankbar, dass er die Lage richtig eingeschätzt hat. Es wäre fast zur Tragödie gekommen", erklärt Joy und wendet sich Mario zu. „Ich kann mir wirklich keinen besseren Freund vorstellen, vielen lieben Dank." Sie gibt Mario einen Kuss auf die Wange. Dimitri nickt ihm anerkennend zu.

Die fünf fahren mit der Fähre zurück. Mario steht mit Kyra ganz oben und zeigt ihr, wo die anderen Inseln sind. Erklärt ihr vieles. Er steht hinter ihr und sie lehnt sich an ihn. Kyra schließt die Augen und fühlt seinen Körper. Sie nimmt seine Arme und umschlingt sich damit. Fühlt sich sicher und beschützt. Und Mario lehnt zusätzlich seinen Kopf auf ihren. Kyra ist unendlich glücklich. „Er ist uns gefolgt. Hat sich Sorgen gemacht. Er liebt mich", denkt sie. Die ganze Fahrt über stehen sie so da.

Joy erklärt Dimitri, was vorgefallen ist. Zeigt ihm das Foto. Dimitri sieht es genau an. „Ja", bestätigt er, „Mario liebt sie. Ich kenne ihn schon sehr lange, aber nie hat er eine Frau derart angesehen." Joy erzählt von ihrer Abmachung mit Mario. Dimitri ist beruhigt. Die Fähre kommt an. Mario dreht Kyra um. Sieht sie an. Seine Augen funkeln. Er nimmt ihr Kinn und küsst sie. Ganz sanft. „Du gehörst zu mir", sagt er zärtlich. Kyra nickt, wie hypnotisiert. Dann gehen sie zu den anderen. Mario verabschiedet sich und fährt mit seinem Motorrad zurück. Kyra sieht ihm hinterher. Sie würde am liebsten schreien: „Nimm mich mit!", doch sie weiß, es geht nicht. Jetzt ist ihr Wille noch stärker geworden, ihr Ziel zu erreichen. Mario. Ihr Herz verkrampft sich vor Sehnsucht. Sie verabredet mit Mario, jeden Tag nach der Schule zu ihm zu kommen. Beth lässt sie. Kyra soll ihr nicht beim Sterben zusehen. Jedes Lächeln im Gesicht ihres Mädchens lässt sie die Schmerzen besser ertragen. In der Schule lernt Kyra wie verrückt. Ihr Wille, Tierärztin zu werden, ist noch stärker geworden. Dimitri hat ihr einen Übersetzer, der auf Sprache reagiert, gekauft und so kann Kyra dem Unterricht folgen. Spätnachmittags fährt sie zu Mario. Hilft und lernt. Bereitet ihre Party vor. Beth wird schwächer. Sie sammelt alle ihre Kraftreserven, um Kyras 15. Geburtstag mitzufeiern. Mario hat den Hof geschmückt. Den Welpen rosa und blaue Schleifen umgebunden. Fackeln aufgestellt. Ein Grillfest. Er verwöhnt Kyra. Füttert sie mit Kuchen. Lacht mit ihr. Er überreicht ihr sein Geschenk. Einen Surfer-Kurs. Kyra umarmt ihn. Gibt ihm einen flüchtigen Kuss. Mario bleibt das Herz stehen. Überspielt schnell seine Erregung. Er geht unter einem Vorwand in den Stall. Atmet durch. Füttert die Tiere.

„Ich habe es gesehen", sagt Joy in der Tür lehnend. „Auch dich. Liebst du sie wirklich?" Er sieht sie mit glänzenden Augen an. Und sie erkennt es. „In Ordnung, aber keinen Sex", sagt sie ernst. „Lass ihr die Zeit, erwachsen zu werden. Zu wählen." Dann geht sie. Feiert weiter.

Kyra sucht Mario. Er steht in der Box, sein Kopf auf seine Hände auf der Forke gelehnt und denkt nach. „Alles in Ordnung?", fragt Kyra besorgt. Er sieht sie mit glänzenden Augen an. Kyra geht zu ihm. Sieht ihm ebenfalls in die Augen. Streichelt seine Wange. Und er kann nicht anders. Er nimmt ihr Kinn und küsst sie. Öffnet mit seiner Zunge ihren Mund. Ihr erster Zungenkuss. Lange und zärtlich. Beider Herzen pochen wild. Für einen Augenblick bleibt die Welt für sie stehen. Und Mario hat Mühe, sich zurückzuhalten. Sie müssen zurück zur Feier. Sie geht vor. Er braucht noch einen Moment, um seine Erregung in den Griff zu bekommen. Es wird Abend. Kyra verabredet sich mit Mario zum Surfen. So schnell wie möglich. Sie will noch mehr von diesen Küssen. Diesem Gefühl. Da sie wieder Schule hat, muss alles abgesprochen sein. Tage vergehen. Mario hält es kaum noch aus. Um nicht zu explodieren, verschafft er sich bei Kosima und Hannah Erleichterung. Doch Mario ist anders.

Hannah merkt, dass etwas nicht stimmt. Sie setzt sich mit ihm auf die Couch in der Wohnküche. Bei einem Glas Wein fragt sie ihn: „Was ist los mit dir, immer noch Joy?"

Mario schüttelt den Kopf. „Kyra", sagt er leise.

Hannah weicht geschockt zurück. „Weißt du, was du da sagst?", fragt sie ihn entsetzt. „Du weißt doch, wie alt sie ist. Dimitri wird dich töten, wenn du sie anfasst. Vor allem, weil er weiß, wie sie entstanden ist. Mario, ich bitte dich, sei vorsichtig", beschwört sie ihn mütterlich.

„Seit ich sie zum ersten Mal sah, kann ich nicht mehr schlafen", erklärt er. „Mich kaum konzentrieren. Immer wenn sie auf den Hof kommt, muss ich lächeln. Mein Herz klopft wie verrückt. Mein Magen verkrampft sich."

Hannah nimmt seine Hand. „Mario, das ist Liebe", sagt sie zärtlich und streicht seine Wange. „Ich helfe dir. Komm zu mir, wenn du es nicht aushältst, bevor du einen Fehler machst."

Mario küsst ihre Hand. Er weiß, sie hat recht.

Joy hat noch ein paar Aufträge. Sie nimmt Beth und Kyra mit. Beths Zeit läuft ab und man sieht es. Hannah und Kosima wechseln sich ab. Unterstützen Beth. Joy nimmt Kyra mit in ihre Welt. Lässt sie auch mal als Nebendarstellerin agieren. Und auch Kyra entpuppt sich als Naturtalent. Im Bikini auf einem Surfbrett. Spielend mit dem Wasser spritzen. Genießerisch Eis essend am Strand. Selbstverständlich Seitenaufnahmen. Nur wer sie kennt, weiß, dass sie es ist. Mario verfolgt jede Veröffentlichung. Stalkt sie geradezu. Erleichtert sich selbst, um nicht zu explodieren. Auf dem Rückweg gucken sie auch bei Joys Asyl vorbei. Die Eröffnung steht bevor. Es fehlen nur noch Kleinigkeiten. Kyras Hundeschule ist auch fertig. Sie wird mit den Welpen Desi und Tino fotografiert. Ein kurzes Probevideo wird gedreht. Wie sie die Welpen spielerisch trainiert. Joy ist begeistert. Kyra hat eine sehr starke Ausstrahlung. Ihr Umgang mit den Tieren ist bemerkenswert. Sie platzt vor Stolz. Beth stimmt der Veröffentlichung zu.

Der große Tag ist gekommen. Joy öffnet das Tor für die Besucher. Schüttelt jedem die Hand. Kyra nimmt Geschenke und Spenden entgegen. Und die meisten sind mit ihren Kindern gekommen. Kyra soll ihnen Tricks und den Umgang mit den Hunden zeigen. Und Kyra liebt es. Einige Jungs in ihrem Alter sind auch dabei. Umgarnen sie. Albern mit ihr rum. Verabreden sich mit ihr zum Surfen. Dimitri führt die Gäste herum. Zeigt ihnen die exklusiven Bereiche für die Tiere der Schönen und Reichen. Wellnessbereich für die Schmusetierchen. Pools, Massagen und Friseur. Alle Angestellten erklären ihren Aufgabenbereich. Ein Tiernahrungshersteller bietet Proben zur Mitnahme an. Joy ist wahnsinnig glücklich. Sie hat viele liebe Worte erhalten. Und Geschäftsleute, die ihre Lieblinge nicht mit auf Reisen nehmen können, haben schon gebucht. Abends liegt sie in Dimitris Arm. Zittert.

„Was ist los?", fragt er besorgt.

„Ich weiß es nicht", antwortet Joy wahrheitsgetreu. „Mir ist einfach kalt. Bestimmt nur Erschöpfung oder Aufregung. Mach dir keine Sorgen", sagt sie zärtlich. „Küss mich lieber", fordert sie.

„Du gehst morgen zum Arzt", befiehlt Dimitri.

Joy nickt. Dann verwöhnt sie ihn sinnlich. „Ich liebe dich wahnsinnig", haucht sie. Jetzt ist ihr heiß. Trotzdem zittert sie. Nach ihrem zärtlichen Liebesakt liegt sie die ganze Nacht wach. Sie fühlt, dass etwas nicht stimmt. Joy fährt zum Arzt. Bis zum Ergebnis in einigen Tagen besorgt sie sich einige homöopathische Magenmittel aus der Apotheke. Dimitri sieht nach. „Alles in Ordnung", sagt Joy, „vermutlich nur eine Magenverstimmung. War ja auch eine Menge Stress in letzter Zeit. Doch mit Tee und", sie küsst ihn lächelnd, „Liebe wird alles gut." Dimitri ist beruhigt. Sie verbringen mehr Zeit allein und in Ruhe. Fahren mit der Jacht raus. Sehen sich die Sterne an. Lieben sich unbeschwert. Hannah ist jeden Tag bei Beth. Pflegt sie, während Kyra in der Schule ist. Es geht zu Ende. Nachmittags fahren Mario und Kyra jeden Tag zum Surfen. Er bringt ihr alles bei. Die gleichaltrigen Jungs umschwirren sie. Mario zieht sich zurück. Er hat es Joy versprochen. Kyra soll ihre Pubertät leben. Er unterrichtet sie sachlich und ohne Körperkontakt. Kyra versucht immer wieder, ihm nahezukommen. Verzweifelt ringt sie um einen Kuss. Doch Mario belässt es, schweren Herzens, bei einem flüchtigen Stirnkuss. Kyra ist traurig. Joy bemerkt es. Ein paar Tage vergehen.

Eines Tages, als Kyra von der Schule kommt, steht ein Krankenwagen vorm Haus. Sie lässt ihre Tasche fallen und rennt zum

Krankenwagen. Schnell, ohne dass sie die Sanitäter aufhalten können, springt sie hinein und legt sich in Beths Arm. Beth hebt mit letzter Kraft ihre Hand auf Kyras Kopf. Streichelt sie. Stammelt letzte Worte, „Kyra, liebe dich." Der Krankenwagen rast los. Dimitri und Joy fahren hinterher. Während der Fahrt stirbt Beth. Im Krankenhaus versucht man gar nicht erst sie zurückzuholen. Beth hat eine Verfügung. Kyra sitzt weinend vor der Intensivstation. Sie rennt Dimitri entgegen und fällt ihm in den Arm. Ihre Beine versagen. Er trägt sie aus dem Krankenhaus. Setzt sich mit ihr auf eine Bank unter einer Palme. Hält sie an sich gedrückt und lässt sie weinen.

„Fahrt ruhig", sagt Joy. „Ich kümmere mich um alles und komme mit dem Taxi nach." Dimitri fährt mit Kyra zum Strandhaus und setzt sich mit ihr auf den Steg. Hält sie in seinem Arm „Joy war auch einmal so traurig wie du jetzt", beginnt er und wischt ihre Tränen vom Gesicht. „Ich habe ihr gesagt, dass ich glaube, dass jede geliebte Seele ein Stern ist. Und die Vorstellung hat ihr gefallen." Kyra sieht in den Himmel. Nach und nach erscheinen Sterne. Einer blinkt auf. Sie zeigt auf ihn.

„Merke dir gut, wo er steht", sagt Dimitri sanft. „Jetzt kannst du Mama jeden Abend Gute Nacht sagen." Er drückt sie an sich. Joy kommt dazu. Alle drei sitzen zusammen und sehen in den Himmel. Dann bringen sie Kyra zu Bett. Joy legt sich auf die eine, Dimitri auf die andere Seite von Kyra. Halten ihre Hände zusammen, wie ein Schutzschild. Kyra dreht sich in Dimitris Arm und schläft ein. Am nächsten Morgen will sie ihrer Mutter guten Morgen sagen und begreift, dass sie nicht mehr da ist. Tränen rinnen über ihr Gesicht.

Dimitri nimmt sie an die Hand und zieht sie sanft hinter sich her. „Mama bleibt bei uns", sagt er. „Ich baue ihr eine Grabstätte. Du musst nur entscheiden, wo. Dort unter dem Baum oder lieber in der Sonne?", fragt er sachlich, doch auch liebevoll.

Kyra entscheidet unter dem Baum. „Ich lasse dir eine Bank dorthin bauen, dann kannst du dich zu ihr setzen und ihr deine Geheimnisse anvertrauen, in Ordnung?" Er wischt ihre Tränen weg. „Morgen fahren wir den Grabstein aussuchen", bestimmt er.

Dann gehen sie frühstücken. Kyra kriegt nichts runter. Schweigend und den Kopf gesenkt sitzt sie am Tisch. Mario fährt mit dem Motorrad auf den Hof. Kyra stürzt sich ihm weinend in die Arme.

„Ich habe ihn angerufen", sagt Joy ernst, als Dimitri sie fragend ansieht. „Ich habe einen Fehler gemacht. Sie braucht ihn. Er soll sie ablenken. Wir kümmern uns um die Beerdigung."

Dimitri nickt und küsst ihre Hand. Joy gibt Mario ein Kopfnicken. Sie hat sich mit ihm am Telefon ausgesprochen. Nicht nur Kyra hat in den letzten Tagen gelitten. Er setzt Kyra den Zweithelm auf und dann sich seinen. Kyra steigt hinter ihm auf und lehnt sich an Marios Rücken. Joy erinnert sich. Sie selbst war ihm so verfallen. Doch dieses Mal ist sie sicher, dass er es ernst meint. Sie nimmt Dimitri in den Arm. „Es ist Liebe. Ganz sicher", besänftigt sie ihn.

Sie ziehen sich standesgemäß an und fahren zum Bestatter. Veranlassen alles Erforderliche. Organisieren den Geistlichen. Fahren in die Stadt und kaufen Trauerkleidung. Joy sucht sich ein dunkelblaues Kleid aus. Für Kyra ein schwarzes mit grauen und weißen Blüten. Dazu schwarze Sandalen. Dimitri bekommt einen mattschwarzen Anzug. Sie fahren zurück. Die Bauarbeiten beginnen. Eine Grube wird ausgehoben. Eine Platte für den Stein gegossen. Ein kleiner weißer Zierzaun rahmt das Grab ein. Eine Bank wird unter dem Baum aufgestellt. Dimitri beaufsichtigt alles. Joy ist im Haus. Organisiert den Leichenschmaus. Am Abend bringt Mario Kyra nach Hause. Als sie „Bis Morgen", zu Mario sagt, greift Joy ein: „Morgen nicht", sagt sie streng. „Du musst mit Dimitri den Grabstein aussuchen."

„Tut mir leid", sagt Kyra, „das hab ich vergessen" und drückt sich an Dimitri. Er streichelt ihren Kopf. Geht mit ihr ins Haus. Joy redet mit Mario. Er soll nicht zur Beerdigung kommen. Es würde Kyra ablenken. Er respektiert ihren Wunsch. Auch er sieht es so. Sie soll ihre Mutter in Würde und mit Respekt verabschieden.

Nachts geht Joy durchs Haus. Kyra steht an ihrem Fenster. „Kannst du nicht schlafen?", fragt sie leise.

Kyra schüttelt den Kopf. „Ich rede mit Mama. Ich habe so viele Fragen", sagt sie.

„Vielleicht kann ich helfen", sagt Joy sanft und stellt sich neben sie.

„Ich denke an Mario", sagt Kyra. „Ich sehne mich so sehr nach ihm."

„Ich verstehe", sagt Joy. „Mir geht es auch so, wenn Dimitri nicht da ist. Ich kann es kaum erwarten, dass er zur Tür hereinkommt. Ist Mario dir körperlich nahegekommen?", fragt Joy vorsichtig.

„Wir haben uns nur geküsst", sagt Kyra.

Joy fällt ein Stein vom Herzen. „Kyra", sagt Joy sanft, „Sex ist mit dem Richtigen eine wunderbare Sache. Aber auch eine Verantwortung. Beide müssen sich schützen. Vor Krankheiten und ungewollten Schwangerschaften. Und gerade du bist noch so jung und hast noch so viele Pläne. Willst Tierärztin werden. Bitte achte auf die regelmäßige Einnahme der Pille und benutzt zusätzlich auch ein Kondom. Wenn es zur Vereinigung kommt, muss es freiwillig sein. Drängt er oder überhört ein klares Nein, ist er der letzte Dreck. Respektiert er aber deine Angst und wartet auf deine Entscheidung, ist er jeden Versuch wert. Bitte lass dir Zeit", beschwört sie das Mädchen.

Kyra schmiegt sich in Joys Arm, legt ihren Kopf an ihre Schulter. Dimitri steht in der Tür. Hat zugehört. Er legt sich wieder, wie die Nacht zuvor, mit Joy an Kyras Seite. Beschützt schläft sie ein.

Am nächsten Morgen fahren Dimitri und Kyra zum Steinmetz. Bevor er mit ihr über den Hof gehen kann, bleibt Kyra abrupt stehen. Vor ihr steht ein Engel mit kurzen Haaren und angelehnten Flügeln, der ein Kind in den Armen hält. Die Augen halb offen und die Gesichtszüge liebevoll.

„Ja", sagt Dimitri, „ich fühle es auch. Das ist Beth." Kyra umarmt ihn weinend. Er lässt den Engel mit den eingemeißelten Daten liefern.

Als sie zurückkommen, liegt Joy im Bett. Hat einen Eimer davor stehen. Ist leichenblass. Kyra setzt sich an ihre Seite. Hält besorgt ihre Hand. „Mir ist nur schlecht", sagt Joy beruhigend.

„Mach dir bitte keine Sorgen." Dann streicht sie Kyra über die Wange. „Waren bestimmt die Muscheln", lächelt sie. „Mach dir keine Sorgen. Fahr sie ruhig zu Mario", sagt sie zu Dimitri. „Aber komm bitte gleich wieder. Und du", wendet sie sich an Kyra, „kommst bitte vor dem Abendbrot zurück. Morgen wird ein anstrengender Tag." Kyra gibt Joy einen Kuss auf die Stirn. Joys Herz macht einen Sprung. Sie weiß jetzt, dass Kyra sie akzeptiert. So hat sie ihre Mutter geküsst. Dann fahren sie los.

Mario wundert sich, dass Dimitri sie bringt. Fragt nach Joy. Kyra erzählt es ihm. Dimitri fährt zurück. Als er die Haustür öffnet, brennen Kerzen auf den Kommoden. Rosen stehen auf dem Tisch. Er sieht die Treppe hoch. Joy steht in einem rosa Negligé am Ende. Sie sieht wie ein Engel aus. Sie streckt ihm ihre Hand entgegen. Er nimmt sie und schweigend führt Joy ihn in das zweite Kinderzimmer. Auf dem Bett liegt ein Umschlag. Sie weist ihn mit ihrer Hand da hin. Dimitri setzt sich aufs Bett und öffnet ihn. Ein positiver Schwangerschaftstest und eine ärztliche Bescheinigung. Ein Mädchen. Dimitri sieht sie ungläubig an. Joy nickt lächelnd. Und jetzt ist er nicht mehr zu halten. Er nimmt sie und wirbelt sie umher. „Ich liebe dich!", schreit er. Dann bleibt er abrupt stehen. „Vorsichtig!", ermahnt er sich selbst und streicht über ihren Bauch. Joy lacht. Er sieht sie fragend an.

„Dritter Monat", strahlt sie.

Und er küsst sie wie verrückt. Trägt sie auf Händen zum Bett. Legt sie wie eine Prinzessin darauf. Setzt sich neben sie. „Ich liebe dich", flüstert er und küsst ihre Hände. „Danke, danke, danke", sagt er schluchzend. Tränen laufen ihm über die Wangen. Joy streicht sie weg. „Ich liebe dich auch so sehr", antwortet sie. „Jetzt werden wir eine vollkommene Familie." Dann zieht sie ihn auf sich. Doch er legt sich gleich an ihre Seite. Sie lacht. Erklärt ihm die Wichtigkeit von Sex in der Schwangerschaft. Dass die Muskulatur und der Geburtsvorgang damit unterstützt werden. Dass er gut für sie ist.

„Dann jeden Tag", sagt er zärtlich. Und sie lieben sich sanft und liebevoll. Der Stress der letzten Wochen entlädt sich. Er liegt erschöpft mit seinem Kopf auf ihrem Bauch. Küsst und streichelt ihn. Joy streichelt seinen Kopf. „So wie du Kyra angenommen hast, kann ich mir keinen besseren Vater für meine Kinder wünschen." „Kyra macht es mir aber auch leicht. Sie ist wundervoll", schwärmt er. „Hoffentlich wird unseres auch so schön und intelligent."

„Kein Problem", sagt Joy lachend. „Ich gebe ihr die Schönheit und du ihr Weisheit und Wissen." Er streichelt ihr Gesicht. „Du hast mich zum glücklichsten Menschen gemacht", sagt er liebevoll. Sie genießen sich noch eine Weile, dann gehen sie duschen. Ziehen sich an. Es sind noch Vorbereitungen zu treffen. Sie sind sich einig, es erst mal für sich zu behalten. Jetzt ist Kyra wichtiger. Blumen werden geliefert. Joy dekoriert alles. Legt die Sachen im Bad bereit. Es dämmert. Mario kommt mit Kyra zurück. Sie küssen sich zum Abschied. „Wir können es nicht verhindern", sagt Joy und drückt Dimitris Hand. Dann gehen sie und begrüßen Kyra. Joy nickt Mario zu. Er soll sich an die Absprache halten und nicht zur Beerdigung kommen. Denn Kyra hat ihn mit den Worten „Bis Morgen" verabschiedet. Die drei gehen ins Haus. Beim Abendbrot unterhalten sie sich. Kyra ist wie ausgewechselt. Sie isst mit großem Appetit und lächelt. Ist aufmerksam und interessiert. Mario tut ihr so gut. Dimitri erklärt Kyra, wie die Beerdigung ablaufen wird. Da alles in Spanisch vollzogen wird, bleibt er an ihrer Seite. Kyra ist merkwürdig gefasst. „Ist alles in Ordnung?", fragt Joy. Dann erzählt Kyra, was sie erlebt hat. „Der Tierarzt war da. Einige Tiere mussten eingeschläfert werden." Joy bleibt das Essen im Hals stecken. „Mario und der Tierarzt haben mir genau erklärt, dass es Krankheiten gibt, bei denen die Medizin versagt. Und der Tod eine Erlösung ist. Bei Mama ist es auch so. Sie ist ohne lange Qual gestorben."

Joy sieht Dimitri fragend an. Er zwinkert ihr zu. Sie soll es dabei belassen.

„Und wie geht es dir?", fragt Kyra Joy.

„Besser, danke. Es war nur der Magen", lächelt sie.

Nach dem Essen zeigt Joy Kyra, was sie für sie gekauft hat. Es wird eine lange unruhige Nacht. Joy sieht Kyra am Fenster stehen.

„Sollen wir wieder bei dir bleiben?", fragt Joy.

„Nein, schon gut. Ich rede noch ein paar Minuten mit Mama, dann geh ich schlafen", antwortet Kyra.

„Du weißt, du kannst immer zu uns kommen", flüstert Joy. Kyra nickt.

Joy geht zu Dimitri. Auch sie kann nicht schlafen. Er streichelt ihren Bauch. „Denk bitte an unser Kind. Du musst ruhen. Ich mach das schon", sagt er sanft ermahnend. Joy dreht sich in seinen Arm und schläft ein wenig. Am nächsten Morgen muss alles sehr schnell gehen. Sie duschen und ziehen sich an. Joy und Kyra stehen vor dem Spiegel. Joy flicht Kyra einen Zopf. Besetzt ihn mit einer schwarzen Rosette. Dann sich selbst einen. Kyra sieht sie und sich an. Die Ähnlichkeit ist offensichtlich. Doch bevor sie etwas sagen kann, geht Joy und hilft Dimitri. Bindet seine Krawatte. Er küsst sie noch einmal. Die drei gehen vor die Tür. Halten sich an den Händen. Erste Gäste treffen ein. Dimitri stellt sie Kyra vor. Alles Geschäftsfreunde. Dann kommt der Geistliche. Dimitri übersetzt, was der Priester sagt. Der Wagen mit dem Sarg fährt vor. Jetzt laufen Kyra die Tränen. Sie sieht sich um. Sucht Mario. Sie möchte in seine Arme. Doch er ist nicht da. Dimitri hält ihre Hand. Drückt sie sanft. Der glänzende schwarze Sarg mit den weißen Blumen wird von vier kräftigen Männern getragen. Dimitris Jungs. Er wird auf die Streben über der Grube geschoben. Der Priester beginnt zu sprechen:

„Wir verabschieden Beth,
eine geliebte Mutter und Freundin.
Gott wird sie in seinem himmlischen Tempel
wohnen lassen,

*die Liebe und Güte, die sie ihrer Tochter
gegeben hat, ehren.
Dort wartet sie, bis sie wieder mit ihren
Liebsten vereint ist."*

Er vollführt die christlichen Rituale. Nimmt etwas Erde und gibt
sie Kyra in die Hand. Sie muss sie auf den Sarg werfen, doch sie
hält sie fest. Will sie nicht auf den Sarg werfen, denn dann ist es
endgültig. Sie zittert weinend. Dann atmet sie tief durch. Sieht
Dimitri an. Er nickt. Drückt ihre Hand. Gibt ihr Kraft. „Auf Wie-
dersehen, Mama", sagt sie und wirft die Erde. Dimitri und Joy tun
es ihr nach. Dann gehen sie zur Seite. Alle Gäste werfen Erde oder
Blumen auf den Sarg. Drücken Kyra die Hand. Die Worte, die sie für
sie haben, versteht sie nicht. Will sie auch nicht. Sie will nur noch
weg. Und wieder sieht sie sich um. Sie hat nur einen Gedanken.
„Er ist nicht da. Jetzt, wo sie ihn so sehr braucht." Der Leichenschmaus findet in einem Pavillon auf der anderen Seite des Hauses statt. Hannah und Kosima kümmern sich um die Gäste. Die
meisten kennen sie. Es entwickeln sich Gespräche. Währenddessen wird der Sarg herabgelassen und mit Erde aufgeschüttet. Kyra
soll das nicht sehen. Stunden vergehen. Sie hat so viele Menschen
kennengelernt. „Alles potenzielle Kunden", scherzt Dimitri. Doch
Kyra ist enttäuscht und traurig. Endlich ist es vorbei. Die Statue
wird geliefert. Während des Betonierens zieht Dimitri Kyra einen
Gummihandschuh an. Sie soll ihre Hand vor der Statue in den fri-
schen Beton drücken. Der Abdruck ist fest. „Hier bringst du ihr jeden Morgen eine Blume. Das wird dein Ritual", sagt er. Kyra nickt.
Dann lässt er sie einen Moment allein. Joy bringt Blumen und sie
pflanzen sie gemeinsam auf das Grab. „Wenn du mich brauchst, ich
bin immer für dich da", sagt Joy zärtlich. Dann lässt sie Kyra allein.
 Kyra sitzt unter dem Baum auf der Bank. Den Kopf auf ihren Knien. Weint. Sie fühlt sich so allein. Schluchzt. Sie merkt
gar nicht, dass sich jemand neben sie setzt. Erst als dieser ihre

Hand nimmt. Mario ist da! Sie fällt ihm weinend in den Arm.
Und er hält sie fest. Joy hat ihn angerufen.

Dimitri und sie stehen am Fenster. „Sie braucht ihn", sagt
Joy. Dann geht sie zu ihnen. „Nimm sie mit", sagt sie. Und Mario trägt Kyra zu seinem Auto. Legt sie in seinen Arm. Tagelang
verwöhnt Mario Kyra. Lenkt sie mit der Arbeit auf dem Hof ab.
Abends liegt sie küssend in seinem Arm. Die Schule beginnt
wieder. Nachmittags fährt sie zu ihm. Nach der Arbeit gehen
sie zum Surfen an den Strand. Kyra lacht wieder. Hat Spaß. Sie
sitzt abends am Grab und erzählt Beth alles. Dimitris Plan funktioniert. Joy setzt sich eines Abends dazu.

„Kyra, ist wirklich alles in Ordnung?", fragt Joy besorgt.

„Ja, alles bestens", antwortet Kyra. „Natürlich vermisse ich
sie, aber sie war eine wundervolle Mutter. Hat immer gewusst,
mich zu trösten. Mir alle Wünsche von den Augen abgelesen.
Ich bin ihr unendlich dankbar. Es gibt keine bessere Mutter."
Kyra lächelt. „Und deswegen hat sie es nicht verdient zu leiden.
Nicht einmal für mich. Mario und der Tierarzt haben mir aufgezeigt, was sie bei einer Rückholung, bei einer Wiederbelebung
hätte erdulden müssen und auch dann wäre es nicht sicher gewesen, dass sie mich noch erkannt hätte. Nein, es ist gut so. Ich
sage ihr jeden Abend, dass ich sie liebe." Kyra gießt die Blumen.

„Du hast recht", sagt Joy. „Wir sind sehr stolz auf dich."

Dimitri steht auf der Veranda. Sieht den beiden zu. Er lässt
sein Leben Revue passieren. Sein ganzes Leben war ein Kampf.
Geschäftlich wie auch privat. Er hat dadurch ein Imperium geschaffen. Doch nie gab es Fürsorge oder Liebe. Es gab Frauen,
denen er zugetan war, sie reich beschenkt hat und auch mit ihnen gereist ist. Doch keine hat sein Herz und seine Seele derart
berührt wie Joy. Jede Sekunde ohne sie ist eine Qual. Und jetzt
noch Kyra und sein eigenes Kind. Er ist unendlich glücklich.

Ein paar Tage später fragt Kyra nach neuen Sachen. Sie hat
nur Jeans und Tops und hätte gern Kleider und Röcke. Unterwäsche und Badeanzüge oder Bikinis.

„Ja", juchzt Joy. „Und ich hole Kosima und Hannah dazu. Die
lieben Shopping und kennen sich richtig gut aus." Natürlich sind

die Frauen dabei. Sie fahren mit Kyra in ihren Lieblingsdessous-laden. Kyra sieht die Erotik-Utensilien. Versucht wegzusehen. „Das ist alles für uns Frauen entwickelt worden, damit wir schöne Momente erleben dürfen", erklärt Kosima. „Dafür muss man sich nicht schämen."

Kyra geht zu Joy an den Bademodenständer. Sieht sich einige Badeanzüge an. Hannah holt einen Bikini in kanarischen Farben und Motiven hervor. „Hier, zieh mal an", bittet sie und zeigt auf die Umkleidekabine. Kyra nimmt ihn und zieht ihn an. Sie sieht sich das erste Mal ganz im Spiegel. Ihr Körper straff und durchtrainiert. Blass.

„Zeig dich!", fordert Hannah.

Kyra öffnet den Vorhang. Alle reißen die Augen auf. Dem Verkäufer steht der Mund offen. Sie sieht aus wie eine Göttin. Bildschön.

„Ja", sagt Hannah, „das ist er." Und sie denkt dabei an Mario. Es sind seine Lieblingsfarben. Sie hilft ihnen, zueinander-zukommen. Jedes Mal, wenn Mario sich bei ihr Erleichterung verschafft, sieht sie sein Leiden. Es bricht ihr das Herz. Kyra ist kein Kind mehr. Kosima bringt Unterwäsche. Kyra muss alles anziehen und vorführen. Joy hat sich auch einen Badeanzug angezogen. Stützend und in Stretch. Steht seitlich vor dem Spiegel und streichelt ihren Bauch.

Hannah sieht sie durch einen kleinen Schlitz. Sie reißt den Vorhang auf. „Bist du …?", schreit sie neugierig. Joy nickt lächelnd. Und Hannah fällt ihr um den Hals. Küsst ihr ganzes Gesicht. Weint vor Freude.

Kyra sieht Joy mit großen Augen an. „Darf ich denn noch bleiben?", fragt sie geschockt. Sie glaubt zu stören, jetzt wo ein eigenes Kind kommt. Sie kennt die Wahrheit ja nicht.

Joy bleibt das Herz stehen. „Sag so etwas nie wieder", sagt Joy entsetzt. „Niemals gehst du wieder von mir weg", sagt sie ernst und hält Kyras Gesicht in ihren Händen. „Niemals lasse ich dich wieder gehen!" Drückt sie fest an sich. „Ich brauche dich doch", sagt sie sanft. „Du musst mir doch helfen. Beistehen." Joy küsst Kyras Kopf.

Hannah laufen die Tränen. „Sag es ihr doch!", denkt sie. Doch Joy schweigt. In einem Restaurant kehren sie zum Mittag ein. Auf der Toilette spricht Hannah Joy an. „Warum sagst du es ihr nicht?", fragt sie.

„Ich kann nicht", antwortet Joy. „Es könnte zu viel für sie sein. Erst die Umstellung, dann der Verlust. So wie es jetzt ist, ist es gut."

Hannah nickt. Dann gehen sie zurück an den Tisch. Nach dem Essen genießen die vier noch den Tag. Albern und lachen. Kyra ist wieder glücklich. Hand in Hand schlendern Kyra und Joy durch die Straßen. Sie werden für Schwestern gehalten. Aufgrund ihrer Ähnlichkeit und dass Kyra wie mindestens 18 aussieht. Die Männer drehen sich auffällig um, wenn sie an ihnen vorbeigehen. Pfeifen. Kyra beobachtet die anderen Frauen. Ihr Kokettieren. Ihr Lächeln. Ihre Blicke. Sie lernt. Zu Hause zieht sie alle Neuanschaffungen an. Steht vor ihrem Spiegel. Übt Gestik und Mimik. Spielt mit ihren Haaren. Dann hat sie den Bikini an. Und sie denkt an Mario. Streicht über ihren Körper. Gefühle erwachen. Sie ruft ihn an. Verabredet sich mit ihm zum Surfen.

Am nächsten Tag packt sie einen Picknickkorb. Zieht den Bikini und darüber ein Kleid an. Die Haare zum Zopf und Sneakers. Mario fährt mit dem Auto und den Surfbrettern auf dem Dach auf den Hof. Sieht sie. Sie sieht bezaubernd aus. Sein Herz klopft wie verrückt. Er lädt die Sachen ins Auto. Öffnet ihr galant die Tür. Dann fährt er mit ihr Händchen haltend zum Strand. Kyra legt alles bereit. Decke und darauf den Korb und Handtücher. Mario bringt die Surfbretter zum Wasser. Legt sie ab und dreht sich zu ihr um. Kyra sieht ihn an. Öffnet ihren Zopf und schüttelt ihr goldenes Haar auseinander. Dann mit einem verführerischen Blick ihr Kleid. Streift die Träger über ihre Schultern. Beißt sich auf die Lippe. Lässt das Kleid heruntergleiten. Mario starrt sie an. Volltreffer. Auch die anderen Jungs am Strand starren sie an. Doch Kyra sieht nur Mario. Seine Erregung. Sie geht langsam und betont an ihm vorbei. „Du bist wunderschön", sagt er leise. Kyra bückt sich auffällig, nimmt ihr Surfbrett und gleitet darauf liegend aufs Meer hinaus. Mario starrt ihr hinterher. Plötzlich fällt sie beim Versuch, sich auf das Bord zu stellen, ins Wasser. Taucht sekundenlang unter. Mario ergreift Panik. Springt ins Wasser und krault, so schnell er kann, zu ihr. Kyra taucht wieder auf. Hält sich hustend am Surfbrett fest. Mario ist bei ihr. Hält sich auch fest. „Alles in Ordnung?", fragt er besorgt und mit Panik in den Augen. Kyra hustet noch einmal. „Hab mich nur verschluckt", beschwichtigt sie. Mario streicht ihr Haar aus dem Gesicht. Seine Augen sind voller Liebe.

Kyra umklammert mit ihren Beinen seine Hüfte. Drückt sich an ihn. Fühlt seinen Körper. „Fahr mit mir zu dir", sagt sie ernst, ihm in die Augen sehend. Küsst ihn. Fordernd.

„Ja", haucht er. Alle Ängste und Versprechungen sind in diesem Moment vergessen. Sie schwimmen an den Strand zurück. Werfen alles ins Auto und fahren, ohne sich anzuziehen, zu Marios Haus. Er trägt sie in sein Schlafzimmer. Legt sie aufs Bett.

„Sicher?", fragt er noch mal zärtlich. Kyra zieht ihn auf sich. Küsst ihn wie verrückt. Und Mario verwöhnt sie streichelnd und küssend. Kyra krallt sich ins Bettzeug. Stöhnt. Keucht. Mario bringt sie züngelnd zum Orgasmus. Winkelt ihr Bein an, legt sich schnell auf sie und versucht in sie einzudringen. Doch Kyra hat Schmerzen. Angst. Sie schreit. „Nein." Zittert heftig.

Mario lässt von ihr ab.

„Es tut mir leid", weint sie.

Mario streicht ihre Tränen weg. „Nein, mir tut es leid. Ich habe den Fehler gemacht. Wollte dich wie eine erfahrene Frau nehmen. Wollte dich so sehr. Verzeih mir bitte", flüstert er und küsst ihre Wange.

„Aber ich wollte doch so gern deine Frau werden", schluchzt Kyra verzweifelt.

„Das wirst du", sagt er sanft lächelnd. Streicht ihre Tränen weg. „Sieh mich an", fordert er sie auf. „Du wirst meine Frau. Nur du. Keine andere. Das schwöre ich bei meinem Leben. Seit du das erste Mal meine Hand berührt hast, wusste ich es. Du bist für mich geschaffen. Aber wir fangen jetzt ganz von vorne an. Ich bringe dir alles bei. Schritt für Schritt. Und irgendwann wird der richtige Moment da sein und es wird das Schönste für dich, was du je erlebt hast. Wir werden vereint sein", haucht er. „Ich sorge dafür." Er küsst ihre Nasenspitze. „Vertrau mir", flüstert er. Kyra nickt. Sie ist wieder unendlich glücklich. Küssend umschlingen sie sich. Mario bringt sich an ihr reibend und mit der Hand zum Erguss. Keuchend liegt er neben ihr. Sie legt ihren Kopf auf seine Brust. Hört das schnell pochende Herz. „Wie ist es für dich?", fragt sie. „Tut es weh?" Mario lacht. Versucht es aber zu erklären. Kyra will alles wissen. Das zeichnet sie aus. Sie beschließen, den Tag mit einem Picknick und Strandspaziergang zu beenden. Im Sonnenuntergang küsst er sie sanft und zärtlich. „Du gehörst zu mir", betont er noch mal zärtlich.

Am nächsten Tag bespricht Joy mit Mario die weiteren Videos. Erzählt ihm von ihrer Schwangerschaft und dass sie gefährliche Situationen vermeiden will. Mario umarmt sie und gratuliert ihr. Kyra darf bei den Aufnahmen mitmachen. Ein junger Mensch, der sich für Tiere interessiert, kommt immer gut an. Mittlerweile ist sie mit Mario zu einem Team verwachsen. Kennt seine Handgriffe und weiß, was gebraucht wird. Sie ist nicht so emotional wie Joy. Sie stört sich nicht an weinenden Tieren oder Körperflüssigkeiten. Sie empfindet keinen Ekel. Wenn eine für diesen Beruf geeignet ist, dann sie. Auch Joy erkennt es. Kyra gehört zu Mario. Sie ist konzentriert, sachlich und fachlich. Sie hat alles, um eine gute Tierärztin zu werden. Joy verabschiedet sich bei den Usern. Sie möchte ihre Schwangerschaft nicht gefährden. Stellt Kyra als entfernte Cousine und Nachfolgerin vor. Mario wundert sich, doch sagt nichts. Joy kümmert sich um ihr eigenes Asyl. Erledigt Behördengänge. Macht Werbung. Dimitri ist immer an ihrer Seite. Die Schwangerschaft kommt auch bei den Werbeaufträgen gut an. Joy zeigt die ruhigeren, ungefährlichen Urlaubsziele. Eine Schwangere im weißen Kleid und Bauch haltend am Strand. Mit dem Blick auf das Meer und den Wind in den Haaren. Dieses Bild ziert das nächste Werbecover. Dimitri lässt das Bild malen und in einem goldenen Rahmen verewigen. Es hängt an seiner Bürowand. Jeden Tag streichelt er es und begeht den Tag mit Glücksgefühlen. Mario unternimmt viel mit

Kyra. Fährt mit ihr zum Surfen, Tauchen, Segelgleiten und mit dem Motorrad die Küste entlang. Badet mit ihr in den Wellen des Meeres. Wandert mit ihr auf die Berge der Inseln. Lehrt ihr die Pfeifsprache. Das könnte einmal sehr nützlich sein, wenn sie als Tierärztin zu abgestürzten Tieren gerufen wird. Fährt mit ihr auf einen Katamaran-Ausflug. Sie sehen Wale auftauchen. Delfine springen. Kyra ist nachdenklich. Ihr gehen die Bilder aus dem Tierpark nicht mehr aus dem Kopf. Delfine und Orcas in Gefangenschaft. Große wandernde Wildtiere auf engstem Raum eingesperrt. Sie informiert sich über den Nutzen. Führt Gespräche und Debatten mit ihren Mitschülern und dem Naturkundelehrer. Alle versuchen, sie zu überzeugen. Doch Kyra hat diese tollen Tiere in freier Wildbahn erlebt und glaubt nicht, dass es den Tieren in Gefangenschaft gut geht. Und leider bestätigen Zeitungsberichte Tragödien über Mensch und Tier aus dem Park. Es gibt Protestaktionen. Tierschützer, die sich für die Tiere starkmachen. Plakate. Aufrufe. Kyra ist nicht ganz sicher, ob eine Mitarbeit ihrer künftigen Karriere schaden könnte. Sie geht zu Dimitri, um ihn um Rat zu fragen.

„Zuerst einmal möchte ich dir danken", sagt er, „dass du so vernünftig bist und fragst. Und ja, wenn du ohne nachzuforschen einer Organisation folgst, kann es wirklich schwerwiegende Folgen haben. Zuerst einmal erkundige dich über die Organisationen. Wofür sie stehen. Welche Ziele sie verfolgen und vor allem, wie sie es durchsetzen wollen. Gesetzlich abgesegnete Demos. Unterschriften sammeln. Spendenaktionen zur Verbesserung der Situation von Tieren. Alles das ist in Ordnung. Aber es gibt auch falsche Möchtegern-Tierschützer. Die ohne nachzudenken Tiere befreien und aussetzen, ohne dass diese Tiere je gelernt haben sich selbst zu ernähren. Elendig verhungern oder überfahren werden. Befreiungs-, Zerstörungs- und Boykottaktionen veranlassen. Ich helfe dir. Setze meine Anwälte darauf an. Sie sollen Informationen einholen. Wenn du Lust hast, können wir ja morgen tauchen gehen?", fragt er.

Kyra nickt lächelnd. Dimitris Telefon klingelt. Kyra geht leise zur Tür und wirft Dimitri einen Handkuss zu. Er lächelt und wirft einen zurück. Kyra geht zu Joy. Erzählt von ihren Vorhaben. Joy berichtet von ihrer Jugend. Auch sie hat sich für den Tierschutz starkgemacht. War auf zig Demos. Ist gegen Pelztierfarmen, Massentierhaltung, Mast, Zucht aller Arten und noch vieles mehr in den Krieg gezogen. Auch bei Befreiungsaktionen hat sie mitgemacht. Damals hielt sie das für richtig, doch heute weiß sie, dass sie den Tieren damit geschadet hat. Sie hat aber auch schnell erkannt, dass es die falschen Freunde waren, und ihnen den Rücken gekehrt. Kyra und Joy unterhalten sich innig und lange. Vergessen die Zeit. Mario wundert sich, wo sie bleibt, und ruft an.

„Heute nicht", sagt Kyra. „Ich komme morgen Nachmittag, wenn ich mit Dimitri vom Tauchen zurückkomme." Küssend legt sie auf. Diskutiert weiter mit Joy. Und Joy bemerkt, wie wichtig Kyra das Thema ist, wenn selbst Mario nicht wichtiger ist. Sie hakt nach, was Kyra so beschäftigt. „Ich verstehe", sagt sie. „Dann lass uns mal alles über den Tierpark lesen. Wofür sie diese Tiere halten." Dann öffnet sie die Internetseite. Gemeinsam lesen sie. Diskutieren, ob es auch andere Möglichkeiten gibt. In der Schule schlägt Kyra dem Naturkundelehrer eine Gruppenarbeit vor. Sie erklärt, was sie beschäftigt. Und der Lehrer ist begeistert. Holt Flyer von angemeldeten ansässigen Tierschutzorganisationen hervor. Bildet Gruppen und macht es ihnen zur Aufgabe, alles Wissenswerte zusammenzufassen und in einem Monat vorzustellen. Kyra arbeitet mit einem Mädchen und drei Jungs zusammen. Die versuchen, ihr näherzukommen. Doch das merkt sie gar nicht. Sie ist völlig in ihre Studien vertieft. Nachmittags fährt sie mit Dimitri zum Tauchen. Das Meer ist unruhig und Dimitri bindet ein fünf Meter langes Seil an ihrem Fuß und in Verbindung zu seinem fest. Der Tauchlehrer bittet sie, sich nicht allzu lange zu tauchen, denn das Wetter schlägt bald um. Dimitri nickt. Gemeinsam gleitet er mit Kyra ins Wasser. Sie schwimmen und tauchen ein paar Meter. Alles ist still. Doch plötzlich umschwirrt sie etwas. Kyra fühlt Stöße. Ein Delfin schwimmt immer wieder nah an sie heran. Schlägt und stupst sie. Dann verbeißt er sich in ihre Fußflosse und zieht sie in die Tiefe. Dimitri spürt den Ruck. Taucht zu ihr. Zieht sie am Seil zu sich und verjagt das Tier. Kyra wedelt aufgeregt mit ihren Armen. Sie kriegt keine Luft mehr. Dimitri schwimmt so schnell er kann mit ihr zum Boot. Es sind ein paar Meter. Die Strömung und der Delfin haben sie abgetrieben. Zieht sie hinter sich her. Der Tauchlehrer hebt Kyra ins Boot. Versorgt sie mit Sauerstoff. Kyra ist bewusstlos. Der Lehrer steuert das Boot an Land. Dimitri ruft die Klinik an. Meldet sie an. Informiert Joy. Dann überprüft er Kyras Ausrüstung. Ein Biss in ihrem Sauerstoffschlauch. Dimitri rennt barfuß, mit Kyra auf dem Arm, zum Auto. Rast wie ein Irrer durch die Straßen. Hupt sich wild den Weg frei. Selbst Polizisten drängt er zur Seite. Ihm ist alles egal. Die glauben, einem Betrunkenen zu folgen. Doch vor der Klinik erkennen sie die Tragödie. Dimitri bringt Kyra auf den Arm zum Eingang. Dort wartet bereits das Ärzteteam. Er übergibt sie und nimmt die wartende Joy in den Arm. Der Polizist fährt Dimitris Auto zur Seite. Hören seiner Erklärung zu. Sie veranlassen jede Löschung der Blitzer und Anzeigen von dieser Rettungsfahrt. Dimitri holt sich seinen Koffer aus dem Kofferraum und geht auf die Herrentoilette. Macht sich frisch und zieht sich um. Joy nimmt Mario in Empfang, der mit seinem Motorrad vorgefahren ist.

„Wo ist sie, was ist passiert?", fragt er aufgeregt.

Sie gehen in den Warteraum. Dimitri hält Joy im Arm und Mario läuft wie ein wildes Tier im Käfig hin und her. Beißt auf seine Faust. Schickt Stoßgebete in den Himmel. Die Tür geht auf. Die Schwester führt sie ins Ärztezimmer. Joy zieht Mario mit sich. Er gehört dazu. Sie setzen sich vor den Schreibtisch und der Arzt erklärt, was getan wurde.

„Es geht ihr soweit sehr gut. Sie bleibt aber noch eine Nacht zur Beobachtung. Bekommt Sauerstoff und Aufbaupräparate. Nur zur Sicherheit", beruhigt er die drei. „Morgen Mittag können Sie Kyra wiederhaben", sagt er aufmunternd lächelnd. Die Schwester bringt sie zu Kyras Zimmer. Joy und Dimitri setzen sich an ihre Seite. Halten ihre Hände. Mario steht vor dem Bett. Zittert vor Anspannung. Als Kyra ihre Augen öffnet und ihn sieht, lächelt sie unter der Maske. Dimitri küsst ihre Hände. Und Joy streichelt ihr Gesicht. Marios Herz klopft so stark, dass er glaubt, es springt ihm aus der Brust.

„Wir holen dich morgen Mittag ab", sagt Dimitri. „Ruh dich bis dahin gut aus." Dann wollen sie gehen.

„Ich bleibe hier", sagt Mario ernst, ohne die beiden anzusehen. Nichts kann ihn davon abhalten.

Joy meldet ihn an. Lässt ein Bett dazustellen. Nimmt ihn in den Arm. „Das beruhigt mich, danke", sagt sie leise. Doch Mario handelt aus reinem Eigennutz. Umsorgt Kyra. Streichelt liebevoll ihr Gesicht. Immer wenn sie hustet, steht er neben ihr. Sorgt dafür, dass sie trinkt und isst. Nach der letzten Visite schiebt er sein Bett an ihres. Legt sich seitlich darauf und hält ihre Hand.

„Ich liebe dich", bewegen sich seine Lippen lautlos.

„Ich dich auch", erwidert sie leise. Kyra wälzt sich im Schlaf hin und her. Sie träumt schlecht. Mario legt sich neben sie und nimmt sie in den Arm. Streichelt ihren Kopf. Redet beruhigend auf sie ein. Jetzt fühlt sie sich geborgen und schläft ruhig. Am nächsten Morgen ist sie noch schwach und hat Muskelkater von den Verkrampfungen. Mario hilft ihr beim Anziehen. Frühstückt mit ihr.

Der Arzt untersucht sie noch einmal. „Ein paar Tage schonen und Magnesiumtabletten gegen die Muskelverspannung, dann wird alles gut", verabschiedet er sie.

Dimitri und Joy kommen, um sie abzuholen. Mario würdigt sie keines Blickes. Er fährt zum Asyl und kümmert sich um die Tiere. Danach zu Kyra. Vor der Tür steht Dimitri. Erwartet, dass Mario etwas sagt. Fragt. Doch Mario steht ihm kalt gegenüber. Er hat keine Angst mehr vor ihm. Gibt ihm die Schuld. Macht Dimitri jetzt auch nur eine falsche Bewegung, verliert Mario die Kontrolle. Dimitri geht zur Seite. Am Treppenaufgang steht Joy. Auch an ihr geht er vorbei. Kyra liegt auf ihrem Bett. Überall sind Blumen, Heliumballons und Geschenke. Hannah und Kosima haben auch welche vorbeigebracht. Mario hat Tränen in den Augen und setzt sich neben sie. Kyra zieht seinen Kopf auf ihre Brust. Er umarmt sie fest.

„Ich hätte dich fast verloren", schluchzt er. „Dann will ich auch nicht mehr leben."

Dimitri und Joy stehen in der Tür. Hören, was er gesagt hat. Haben ihn noch nie so verzweifelt gesehen. Sie ziehen sich leise zurück. Mario bleibt bis zum Abend bei ihr. „Ich kümmere mich nur schnell um die Tiere, dann komme ich wieder", sagt er zärtlich und küsst ihre Nasenspitze. Dann geht er, ohne den anderen ein Wort zu gönnen, aus dem Haus.

Joy rennt ihm hinterher. „Es ist nicht seine Schuld", schreit sie. „Ein wilder Delfin hat Kyra angegriffen. Das konnte er nicht verhindern."

Doch Mario ist wütend und fährt zu seinem Asyl. Erledigt alles. Denkt dabei an sie. Weint. Er hat noch nie so geliebt und jetzt wäre sie ihm fast genommen worden. Er will Dimitri nicht verzeihen. Etwas später fährt er zurück zu ihr. Joy lässt ihn ohne Worte herein.

Er setzt sich an Kyras Seite. „Wie geht es dir?", flüstert er.

„Mir geht es wieder gut", sagt Kyra und sieht sein verweintes Gesicht. Sie hat die Spannung zwischen den dreien bemerkt. „Mario, bitte, es war niemand schuld. Es war ein Unfall. Bitte."

„In Ordnung", sagt er leise und küsst ihre Hände. Er bleibt die Nacht bei ihr. Angezogen liegt er neben ihr. Kyra schläft in seinen Armen ein.

Joy steht in der Tür. Geht zu Dimitri. „Lass ihm Zeit. Er liebt sie wahnsinnig und kann nicht klar denken."

„Ich weiß", antwortet er. „Ich wäre genauso, wenn es um dich gehen würde. Nimmt sie in den Arm und streichelt ihren Bauch."

Mario tut Kyra den Gefallen und gibt Dimitri und Joy die Hand. Doch innerlich sieht es in ihm ganz anders aus.

Ein paar Tage vergehen und Kyra hat sich erholt. Sie liest in der Zeitung über die Rettung eines verletzten Delfins. Sie geht zu Dimitri. „Kann es sein, dass es derselbe ist, der mich angegriffen hat?", fragt sie. „Ich glaube, mich an ein Funkeln zu erinnern."

„Jetzt, wo du es sagst, ich auch. An dessen Bauch", bestätigt er.

„Ja, am Bauch", bestätigt Kyra. Sie liest die Geschichte vor: „Ein Angelhaken hat sich tief in den Bauch des Tieres gebohrt."

„Kein Wunder, dass er angegriffen hat. Er muss wahnsinnige Schmerzen gehabt haben", sagt Kyra mitleidig. „Ob wir ihn besuchen dürfen?"

Dimitri googelt die Organisation. Ruft an. Erzählt das Geschehene. Die Forscher sind an dem Erlebten interessiert. Sie wollen wissen, ob sich das Tier an Kyra erinnert. Sie besprechen die Vorgehensweise. Kyra soll im Taucheranzug ins Becken. Sie wird mit Seilen gesichert. Sollte das Tier angreifen, wird sie sofort aus dem Wasser gezogen. Es besteht keine Gefahr. Dimitri bespricht es mit Joy und Kyra.

„Ich persönlich glaube, dass es gut für dich ist", sagt Dimitri, „damit du das Erlebte verarbeiten kannst."

Joy diskutiert es mit Kyra. Das Mädchen stimmt zu. Am nächsten Tag fahren die drei zur Rettungsstation. Kyra steigt umgezogen und gesichert ins Becken. Ihr Anzug ist mit einer Kamera ausgestattet und überträgt die Bilder auf einen großen Monitor. Auch an den Beckenrändern sind Kameras angebracht. Sie wird komplett überwacht. Dennoch steht Dimitri angespannt bereit, um sich notfalls dazwischenzustürzen. Der Delfin schwimmt um Kyra herum. Sieht sie an. Kommt immer näher. Dann lässt er sich vor ihr in Seitenlage treiben. Kyra sieht die verletzte Stelle und streichelt ihn. Das Team hält den Atem an. Sie glauben nicht, was sie sehen. Dann winkt der Delfin mit seiner Flosse. Kyra wird aus dem Becken gezogen. Alle feiern das Geschehen. Fragen. Machen sich Notizen. Kyra möchte wiederkommen und bei der Pflege helfen. Die Forscher bestehen fast darauf. Sie haben noch viele Ideen. Und Kyra hat ihre Organisation für ihr Schulprojekt gefunden. Dass sie Tierärztin wird, ist klar, aber vielleicht geht sie auch in die Forschung. Sie will lernen. Abends fährt sie zu Mario. Erzählt ihm voller Euphorie, was sie erlebt hat. Doch anstatt ihre Freude zu teilen, kocht Mario vor Wut. „Schon wieder bringt er dich in Gefahr!", schreit er.

Bevor er noch etwas sagen kann, schreit Kyra zurück: „Das ist nicht wahr! Dimitri liebt mich. Er würde mir nie schaden. Hätte er nicht vorsorglich das Seil an unser beider Füßen gebunden, hätte mich der Delfin in die Tiefe gezogen und ich wäre jetzt tot. Auch die Ärzte haben ihn für sein schnelles und umsichtiges Handeln gelobt. Hätte er auf den Rettungswagen gewartet, wäre zu viel Zeit verloren gegangen. Entweder hätte ich einen Hirnschaden erlitten oder Schlimmeres. Ich verdanke ihm mein Leben." Ihr laufen Tränen übers Gesicht.

Mario sieht sie geschockt an. „Das muss ich überhört haben. Es tut mir leid", sagt er und nimmt ihren Kopf in seine Hände. „Ich habe nur so eine Angst, dich zu verlieren", sagt er kleinlaut.

„Das musst du nicht", schluchzt sie. „Ich werde Dimitri sagen, dass du mitkommst, dann kannst du dich überzeugen, dass ich beschützt werde. Damit du dir keine Sorgen machen musst."

„Weißt du eigentlich, wie wunderbar du bist", sagt er sanft und wischt ihr die Tränen mit seinen Fingern aus dem Gesicht.

Kyra atmet durch. Beruhigt sich. „Nein", sagt sie frech. „Sag es mir."

„Viel besser, ich zeige es dir", haucht er und trägt sie auf seinen Händen in sein Schlafzimmer. Er verwöhnt sie sanft und zärtlich. Lässt sie schweben.

Am nächsten Tag fahren die vier zur Rettungsstation. Mario besteht darauf, einen Teil des Sicherungsseiles zu halten. Dimitri sieht seine Anspannung. Sein Frauenverführer ist ein verliebter Mann geworden. Auch Joy sieht die verkrampften Oberarme. Sie umfasst ihn.

„Mach dir keine Sorgen. Alles ist gesichert", versucht sie ihn zu beruhigen. Doch Mario starrt auf das Becken. Verfolgt jede Bewegung. Kyra und ein Pfleger halten dem Delfin Leckereien hin. Darin sind Medikamente versteckt. Er schwimmt auf Kyra zu. Nimmt ihr den Köder aus der Hand. Mario zittert vor Anspannung. Dann noch einen. Kyra wird aus dem Becken gezogen. Das ganze Team feiert sie. Sie sehen sich die Aufnahmen an. Kyra legt sich an den Beckenrand. Der Delfin schwimmt zu ihr. Legt sich auch auf die Seite und winkt mit der Flosse.

„Wie soll ich dich nennen?", fragt Kyra leise. Und der Delfin hört zu. „Hannibal", sagt sie. „Du bist groß und stark und ein Kämpfer. Was meinst du?", fragt sie den Delfin. „Hannibal?" Es ist totenstill im Raum. Alle starren die beiden an. Dann winkt der Delfin und taucht ab. Springt einen hohen Bogen, als würde er sich präsentieren. Kyra lacht. Sie ist unendlich glücklich und darf die ganze Pflegezeit bis zur Auswilderung begleiten. In der Schule erzählt sie von ihrem Erlebnis. Gleichzeitig stellt sie die Rettungsstation vor. Sie hat einen Besuchertag mit der Klasse und ihrem Lehrer erreicht. Die Klasse wird in einen separaten Raum gebracht, wo Monitore das Geschehen im Delfinbecken zeigen. Kyra wird ins Becken gelassen. Hilft einem Pfleger, den Delfin zu füttern. Hannibal wird immer stärker und wilder. Er springt viel und stupst Kyra oft an. Sie wird herausgezogen. Die Forscher sind sich sicher, dass es dem Tier wieder gut geht. Hannibal muss ausgewildert werden. Die Klasse erfährt, wie das erfolgen wird. Es wird plötzlich geschehen. Sobald eine Delfinschule gesichtet wird. Kyra bittet um Freistellung, wenn es so weit ist. Sie wird das Geschehen filmen und mitbringen. Der Lehrer stimmt zu. So etwas erlebt man nicht alle Tage. Die Klasse ist begeistert. Kyra wird von den Jungs umschwärmt. Sie laden sie ein. Auch mal zu zweit. Doch Kyra lehnt ab. Sie hat dafür keine Zeit. Schule, Asyl, Rettungsstation, Hundeschule, Joy, denn die braucht jetzt öfter ihre Hilfe und vor allem Mario. Die Tage vergehen. Mario ist immer an ihrer Seite, wenn sie Hannibal besucht. Er lernt gleichzeitig mit, denn er kümmerte sich bisher ausschließlich um Landtiere. Kyra ist begeistert von ihm. Er teilt ihre Interessen. Eines Tages ist es dann so weit. Eine Delfinschule wurde gesichtet. Jetzt muss alles ganz schnell gehen. Hannibal wird aufs Meer hinausgefahren. Im Boot ist ein eingelassenes Wasserbassin, das sich auf Knopfdruck öffnet.

„Vergiss mich nicht, Hannibal", ruft Kyra ihm hinterher. Weinend vor Freude steht sie an der Reling. Hannibal springt aus dem Becken in die Freiheit. Mario steht hinter ihr und hält sie fest. Sie küssen sich. Alles wird für die Schule gefilmt. Im Unterricht sehen das alle. Ein Raunen geht durch die Klasse. Kyra ist das egal.

An einem schönen Nachmittag fahren Kyra und Mario zum Surfen. Mitschüler sind auch da. Kyra tobt und spielt mit ihnen im Wasser. Als ein Junge ihr an den Po greift, dreht Mario durch. Er packt den Jungen am Kragen seines Surfer-Anzuges und hebt ihn hoch. Kyra geht dazwischen. Beruhigt ihn. Er lässt den Jungen wieder los. Ermahnt ihn. Surft mit Kyra weiter. Schnell macht die Beziehung der zwei die Runde. Im Netz wird Mario angefeindet. Doch Kyra verteidigt ihn. Erklärt auch den Übergriff. Dass sie einfach angefasst wurde und wahrscheinlich dieser Junge die Hetzkampagne gestartet hat. Gesteht vor laufender Kamera ihre Liebe zu Mario.

Eines Tages steht sie mit ihm im Stall. Es ist heiß und er arbeitet mit nacktem Oberkörper. Kyra sieht ihn an. Seine Muskeln bewegen sich unter seiner gebräunten Haut. Die vom Schweiß glänzt. Ihr wird heiß. Sie hält es nicht mehr aus. Kyra zieht ihr T-Shirt aus. Sieht ihn dabei an. Er bleibt stehen. Sieht sie ebenfalls an und erkennt, was in ihr vorgeht. Kyra öffnet den BH. Ihre zarte Haut und die kleinen, doch wohlgeformten Brüste sehen so verführerisch aus. Mario zieht sie an sich. Küsst sie lange und wild. Trägt sie auf eine Pferdedecke ins Heu. Streichelt ihren Körper. Immer wieder über ihren Schritt. Kyra seufzt. Schnell zieht er sie aus. Streichelt und züngelt sie zum Orgasmus. Dann legt er sich schnell auf sie. Winkelt ihr Bein an. Versucht in sie einzudringen. Kyra krallt ihre Finger in seine Schultern. Er hält inne. Sieht sie fragend an. Kyra erinnert sich an Joys Worte. „Wenn er aufhört, ist er jeden Versuch wert." Kyra sieht Mario in die Augen und nickt. Und er dringt ganz vorsichtig und zärtlich küssend in sie ein. Kyra zeigt mit ihrer Mimik, was sie fühlt. Beißt auf ihre Lippe.

„Soll ich aufhören?", fragt er zärtlich.

„Nein", antwortet sie. „Ich will es, jetzt."

Langsam wiegt er sich auf ihr. Schnell überwiegen fremde Gefühle den Schmerz. Kyra schwebt auf Wolken. Und Mario genießt sie lange und sinnlich. Küsst ihren ganzen Körper. Hält sich selbst zurück, um so lange wie möglich mit ihr vereint zu sein. Dreht sich auf den Rücken. Kyra reitet ihn und streckt sich. Fühlt ihn in sich. Beißt auf ihre Hand.

„Zeig mir, was du fühlst", fordert er sie auf. „Lass es mich hören", bittet er. Und Kyra reitet ihn laut stöhnend. Keuchend. Mario spielt mit seinem Daumen an ihrer Liebesperle. Kyra verliert den Verstand. Zuckt heftig und sinkt zusammen. Schnell dreht Mario sich mit ihr um. Stößt sich zum Orgasmus. Ergießt sich auf ihrem Bauch. Schnaufend liegt er auf ihr. Kyra liebkost sein Haar.

„Du bist wie deine Mutter", sagt er unbedacht. Sofort bemerkt er seinen Fehler und sieht sie an.

„Wieso, du kennst sie doch gar nicht", sagt sie fragend.

Er steht auf. Zieht sich seine Hose an und läuft hin und her. Überlegt, wie er den Schaden bereinigen kann.

Kyra wirft sich ein Tuch über. Sitzt auf der Decke. „Wie meinst du das?", fragt sie verstört.

Mario hat entschieden, ihr die Wahrheit zu sagen. Er kniet sich vor sie und nimmt ihre Hände. „Kyra, ich liebe dich. Wir gehören zusammen. Und sobald es geht, heirate ich dich. In Spanien darf man das schon mit 16. Ich will genauso glücklich mit dir sein, wie es Joy und Dimitri miteinander sind. Dich genauso lieben und beschützen. Aber du musst etwas wissen." Er sieht sie an. Atmet durch. „Kyra, ist dir denn wirklich nie die Ähnlichkeit zwischen dir und Joy aufgefallen?", fragt er.

Und Kyra erinnert sich an das Bild im Spiegel bei der Beerdigung. Sie und Joy mit Zöpfen. Sie guckt ihn fragend an. „Entfernte Cousinen", antwortet sie.

Er schüttelt den Kopf. Sie runzelt die Stirn. Versteht nicht. Will es von ihm hören. Mario erzählt ihr alles. „Und glaube mir", sagt er am Ende, „sie liebt dich über alles. Sie hat mich immer gerufen, als sie sah, dass du mich brauchst. Hat mir verboten, dich anzufassen, damit du wählen kannst."

Kyra nimmt sein Gesicht in ihre Hände. „Ich habe gewählt. Schon lange. Seit ich dich das erste Mal mit Joy im Video sah. Da habe ich mich entschlossen, dass ich Tierärztin werde und wir beide das Asyl leiten. Das ist mein Traum", sagt sie ernst, aber auch zärtlich.

Mario legt sich auf sie. Küsst sie wie wahnsinnig. „Ich liebe dich. Nur dich", schnauft er und nimmt sie noch einmal. Jetzt erlebt Kyra wahre Leidenschaft.

Abends fahren sie zum Strandhaus. Sie gehen Hand in Hand zur Tür. Joy sieht sie kommen. Geht mit Dimitri vor die Tür. Mario und Kyra bleiben Hand in Hand stehen.

„Wir sind vereint, Mom", sagt Kyra ernst. Joy bleibt das Herz stehen. Sie sieht Mario mit großen Augen an. Er nickt. „Sie weiß es. Alles", sagt er lächelnd. „Und sobald es erlaubt ist, heiraten wir. Ich schwöre bei meinem Leben, sie immer zu beschützen."

Joy nickt. „Ich weiß", sagt sie und hat Tränen in den Augen. Endlich darf sie ihre Arme öffnen und Kyra läuft hinein. Weinend und küssend liegen sie sich in den Armen.

Tage vergehen. Kyra geht in die Schule. Danach hilft sie Joy und kümmert sich auch um ihre Hundeschule. Hannah kommt auch öfter. Sie selbst kann wegen einer Krankheit keine Kinder bekommen und genießt es, das Kinderzimmer mit Geschenken zu füllen. Kyra schläft jetzt bei Mario. Sie unternehmen viel. Planen zu ihrem sechzehnten Geburtstag ihre Hochzeit. Dimitri und Joy besorgen alle Dokumente. Die Frauen fahren das Brautkleid shoppen. Es soll eine Strandhochzeit werden. Dimitri hilft Mario. Hannah ist immer zur Stelle, wie eine Lieblingstante. Hilft Joy und Kyra. Kümmert sich um die Vorbereitungen. Wenige Tage später bekommt Joy ihre zweite Tochter. Mario holt Kyra von der Schule ab und sie fahren gemeinsam ins Krankenhaus.

„Wie soll sie denn heißen?", fragt Kyra und küsst dem Baby auf die Stirn. Joy nimmt Dimitris Hand, der neben ihr steht, und beide zugleich sagen sie:

„Mary-Beth!"

„Und ich werde sie genauso lieben wie Beth mich", sagt Kyra
unter Tränen.

Mario und Kyra bekommen ihre Traumhochzeit.
Sie trauen sich stehend im Meer.
Hinter ihnen die untergehende Sonne.
In einiger Entfernung springen Delfine.
Mary-Beth wird mit Meerwasser getauft.
Hannah ist Patin.

Der Verlag

*Wer aufhört
besser zu werden,
hat aufgehört
gut zu sein!*

Basierend auf diesem Motto ist es dem novum Verlag
ein Anliegen, neue Manuskripte aufzuspüren, zu ver-
öffentlichen und deren Autoren langfristig zu fördern.
Mittlerweile gilt der 1997 gegründete und mehrfach
prämierte Verlag als Spezialist für Neuautoren in
Deutschland, Österreich und der Schweiz.

**Für jedes neue Manuskript wird innerhalb we-
niger Wochen eine kostenfreie, unverbindliche
Lektorats-Prüfung erstellt.**

Weitere Informationen zum Verlag und
seinen Büchern finden Sie im Internet unter:

w w w . n o v u m v e r l a g . c o m

Bewerten
Sie dieses Buch
auf unserer
Homepage!

www.novumverlag.com